COLLECTION FOLIO

Paul Claudel

de l'Académie française

Partage
de midi

PREMIÈRE VERSION

Gallimard

PRÉFACE

Si ignoras te, o pulcherrima mulierum.

Cant., I, 7.

Rien de plus banal en apparence que le double thème sur lequel est édifié ce drame, aujourd'hui après tant de saisons livré à la publicité. Le premier, celui de l'adultère : le mari, la femme et l'amant. Le second, celui de la lutte entre la vocation religieuse et l'appel de la chair. Rien de plus banal, mais aussi rien de plus antique, et j'oserai presque dire, dans un certain sens rien de plus sacré, puisque l'idée de cette bataille entre la Loi et, sous les formes les plus diverses et les plus inattendues, la Grâce, entre Dieu et l'homme, entre l'homme et la femme, court sous les récits de l'Ancien Testament les plus riches de signification.

La Chair, selon que nous en avons reçu avertissement, désire contre l'esprit, et l'esprit désire contre la chair. Le premier aspect de ce conflit a fait l'objet de toutes sortes de poëmes, romans et drames. Mais, d'autre part, est-il sûr que la cause de l'esprit qui désire contre la chair ait jamais été plaidée dans toute son atroce intensité, et, si je puis dire, jusqu'à épuisement du dossier?

Un homme, peu préparé par son éducation et son tempérament naturel, a reçu, bien malgré lui, l'appel de Dieu, un appel irrécusable. Après une longue résistance qui l'a mené jusqu'au bout du monde, il s'est décidé à y répondre. Menant en laisse sa volonté frémissante, il s'est présenté à l'autel, et c'est de Dieu même qu'il a reçu réponse. Nette. Un refus pur et simple, un non péremptoire et de nulle explication accompagné. Le voici éliminé, sans que la conscience en lui de cet appel inexorable ait cessé. De nouveau pour lui la solitude, l'exil. Actuellement la mer, et, pendant de longs jours, entre le ciel et l'eau une certaine position hors de tout. Il est midi.

Et comment se serait-il fait que sur ce bateau une femme à la fin ne l'attendît pas? « Tu aimeras le Seigneur ton Dieu », dit le Commandement primordial, inscrit non seulement sur la pierre, mais dans le cœur de l'homme, et de certains hommes, qu'y faire? en traits de feu, « de tout ton cœur, de toute ton âme et de toutes tes forces ». Il n'est plus question de Dieu pour le moment, mais voici en face de moi, maintenue et sans que je puisse m'y soustraire, cette image de Dieu qui a levé les yeux sur moi. Le moment est venu, en ce milieu de la vie, de la proposition centrale qui ne saurait plus être éludée.

Mesa, je suis Ysé, c'est moi.

La grâce et la nature ordonnent également qu'entre les créatures de Dieu il y ait un lien de charité. Non seulement un lien général, mais un aménagement particulier, de sorte par exemple que la clef de l'une ne soit que dans le cœur de tel autre. C'est ainsi que dans le règne matériel nous voyons tel animal avoir besoin pour se nourrir exclusivement de la chair de tel autre animal. Et de même telle femme de tel homme et telle

*âme de telle âme. La fin suprême bien entendu ne
pouvant être autre que Dieu.*

Oui, mais si le chemin de Dieu se trouve barré par
un obstacle irréductible, dans l'espèce ce sacrement qui
est le mariage?

Les deux amants ont passé outre. Les voici impru-
demment qui se demandent l'un à l'autre cet élément,
cet aliment intérieur que l'on appelle le feu, et que la
créature n'usurpe à son usage que pour sa propre des-
truction. Au lieu de les illuminer, il les brûle. Au lieu
de les consommer, il les consume. Au lieu de s'apporter l'un à l'autre le salut, ils s'apportent l'un à l'autre
la damnation.

Tels, au second acte de ce drame, Mesa Ysé dans le
cimetière de Hong-Kong. Il est dangereux de demander
Dieu à une créature. Le prophète dit : Je ferai sortir
du milieu de toi un feu qui te dévorera. Dans le
mariage il y a deux êtres qui consentent l'un à l'autre,
dans l'adultère il y a ces deux êtres qui se sont condam-
nés l'un à l'autre.

Et alors c'est le Troisième Acte.

Le temps n'a pas été long à venir que les deux
amants se constatent l'un à l'autre irréductibles, sans
que l'interdiction pour autant ait fait cesser entre eux
le désir. A la mesure de l'exigence réciproque ni l'un
n'est capable d'apporter, ni l'autre d'appartenir. La
situation est désespérée. Il n'y a plus pour Ysé qu'à
essayer de s'y soustraire, à tout prix! n'importe comment! avec le fruit qu'elle a conçu! La femme après
tout est quelqu'un sur qui pèse l'exigence pratique.

Mais elle est aussi quelqu'un sur le front de qui est
inscrit le mot : MYSTÈRE. Elle est la possibilité de
quelque chose d'inconnu. Un être secret et chargé de
significations. Un être secret et de soi-même ignoré
qui postule d'une intervention extérieure sa réalisa-
tion.

Je te tirerai dans les liens d'Adam, *dit le prophète Osée. Ce qui est refusé à la passion, le sacrifice, qui sait si d'une manière ou de l'autre il ne pourra l'obtenir?*

Paris, 18 janvier 1948.

PERSONNAGES

YSÉ

AMALRIC

MESA

DE CIZ

ACTE PREMIER

Un pont d'un grand paquebot.
Le milieu de l'océan Indien entre l'Arabie et Ceylan.

Mesa, Amalric.

AMALRIC

Vous vous êtes laissé enguirlander.

MESA

La chose n'est pas faite encore.

AMALRIC

Alors ne la faites pas. Croyez-moi, je vous aime bien : ne la faites pas.

MESA

L'affaire ne me paraît pas mauvaise.

AMALRIC

Mais l'homme qui la fait?

MESA

Eh bien, il a ses qualités.

AMALRIC

Je déteste les faibles et j'en ai peur.
Laissez-vous faire seulement. Prenez-le seulement
avec vous!
Et vous voilà comme avec de l'eau de seltz débou-
chée, avec une bouteille de soda pointue que l'on ne
sait plus où poser.
Je vous le dis, prenez garde à vous, mon petit
Mesa.
Et que dites-vous de sa femme?
Les voici.

> *Ysé, de Ciz apparaissent sur le pont, montant
> de l'escalier des premières. Huit coups sur la
> cloche.*

YSÉ

Midi.

DE CIZ

On va afficher le point.

> *La sirène brait.*

MESA

Quel cri dans ce désert de feu!

DE CIZ

Sss! regardez!

> *Il ouvre la toile du doigt.*

YSÉ

N'ouvrez pas la toile, au nom du ciel!

AMALRIC

Je suis aveuglé comme par un coup de fusil! Ce
n'est plus du soleil, cela!

DE CIZ

C'est la foudre! Comme on se sent réduit et consumé
dans ce four à réverbère!

AMALRIC

Tout est horriblement pur. Entre la lumière et le
miroir
On se sent horriblement visible, comme un pou
entre deux lames de verre.

MESA

Que c'est beau! Que c'est dur!
La mer à l'échine resplendissante
Est comme une vache terrassée que l'on marque
au fer rouge.
Et lui, vous savez, son amant comme on dit, eh
bien, la sculpture que l'on voit dans les musées,
Baal,
Cette fois ce n'est plus son amant, c'est le bourreau
qui la sacrifie! Ce ne sont plus des baisers, c'est le
couteau dans ses entrailles!
Et face à face elle lui rend coup pour coup.
Sans forme, sans couleur, pure, absolue, énorme,
fulminante,
Frappée par la lumière elle ne renvoie rien d'autre.

YSÉ

Ah qu'il fait chaud! Combien de jours encore jusqu'au feu de Minnicoï?

MESA

Je me rappelle cette petite veilleuse sur les eaux.

DE CIZ

Savez-vous combien de jours encore, Amalric?

AMALRIC

Ma foi non! Et combien de jours au juste depuis que l'on est parti? Je n'en sais rien.

MESA

Les jours sont si pareils qu'on dirait qu'ils ne font qu'un seul grand jour blanc et noir.

AMALRIC

J'aime ce grand jour immobile. Je suis bien à mon aise. J'admire cette grande heure sans ombre.
J'existe, je vois,
Je ne sue pas, je fume mon cigare, je suis satisfait.

YSÉ

Il est satisfait! Et vous aussi, monsieur Mesa?
Est-ce que vous êtes satisfait? Moi, moi, je ne suis pas satisfaite! — Il faut que j'aille voir les enfants.
Restez ici!
Je vous défends d'aller au fumoir. Il faut que vous restiez ici tous les deux.
Pour causer avec moi et pour m'amuser.
Ciz, allez me chercher ma chaise longue, et aussi mon éventail, et les coussins,

Et aussi l'onglier, et aussi mon livre, et aussi mon flacon de sels. C'est tout.

Ils sortent tous deux.

AMALRIC

Voilà. N'est-ce pas qu'elle est charmante?

MESA

Vous savez que je ne connais rien aux femmes.

AMALRIC

Cela est vrai. Et les femmes ne connaîtront jamais rien à vous.

Moi, je vous aime et je vous connais. — Elle m'aime, c'est un fait.

Pourtant, vous lui plaisez, et elle a peur de vous, et elle veut savoir ce que vous pensez d'elle.

MESA

Je pense que c'est une effrontée coquette.

AMALRIC

Si vous le voulez. Vous n'y entendez rien. Mon cher, c'est une femme superbe.

MESA

Voilà ce que vous ne cessez de me rabâcher depuis que nous avons quitté Marseille.

AMÁLRIC

Mais c'est que cela est vrai. Avec ça que vous ne le savez pas! Eh eh! si distrait que vous soyez, je crois que ie vous ai mis la chose dans la tête!

Cette scène que vous lui avez faite l'autre soir! Et cette cigarette que l'on vous a donnée,

Vous qui ne fumez pas, comme vous l'avez achevée avec dévotion! Allons, ne soyez pas confus.

MESA

Vous êtes stupide.

AMALRIC

Mon cher, je n'aime que les blondes.

Ce n'est pas une coquette, méfiez-vous-en! c'est une guerrière, c'est une conquérante!

Il faut qu'elle subjugue et tyrannise, ou qu'elle se donne

Maladroitement comme une grande bête piaffante!

C'est une jument de race et cela m'amuserait de lui monter sur le dos, si j'avais le temps.

Mais elle n'a pas de cavalier, avec ses poulains qui la suivent.

Elle court comme un cheval tout nu.

Je la vois s'affolant, brisant tout, se brisant elle-même.

Elle est étrangère, parmi nous.

Elle est hors de son lieu et de sa race.

C'est une femme de chef; il lui fallait de grands devoirs pour l'attacher, une grande housse d'or.

Mais ce mari qu'elle a, ce beau fils,

Ce maigre Provençal aux yeux tendres, cette espèce d'ingénieur à la manque,

Vous voyez bien que c'est un vice pour elle. Il n'a su que lui faire des enfants.

Il est effrayant de les voir tous en route pour la Chine!

Ils seront avec vous. Méfiez-vous-en, mon petit gars!

— La voici.

Rentre Ysé. Rentre de Ciz, traînant et portant les différents objets qu'on lui a demandés et qu'il dispose sur le pont.

YSÉ, *riante, les regardant tous les trois*
l'un après l'autre.

Moi, je ne suis pas satisfaite!
(Montrant Mesa.) Et voilà un autre qui n'est pas
satisfait. *(Montrant de Ciz.)* Et un autre qui n'est
pas satisfait!
Ça l'ennuie d'aller me chercher ma chaise. Juste-
ment je n'en ai pas besoin.
Pourquoi est-ce qu'il n'est pas content? Il a toujours l'air de faire semblant de sourire. Mais moi,
je suis contente!

Elle rit aux éclats.

MESA

Vous êtes contente, et Amalric est satisfait.

DE CIZ

Parce qu'il réussit.

AMALRIC

Moi? J'ai été nettoyé l'an dernier,
Rincé comme un verre à bière! Maski! Je recom-
mence.

MESA

Parce qu'il est nécessaire.

AMALRIC

Parce qu'il est occupé.
Beaucoup de choses qui me sont nécessaires, beaucoup de choses à qui je suis nécessaire.

YSÉ

Amalric, vous réussirez. Vous êtes adroit de vos
mains. Vous faites bien ce que vous faites.

MESA

Il a des mains agréables. (Car les choses sont comme une vache
Qui sait ne pas se laisser traire quand elle veut.)

DE CIZ

Il est bien assis sur ses propres ressorts. Il est sûr de sa place en tout lieu.

YSÉ

Et moi je n'ai de place nulle part. Une chaise longue ficelée sur une malle, un paquet de clefs dans mon sac,
Voilà mon ménage et mon foyer!

MESA, *montrant le soleil.*

Le voilà, notre foyer, troupe errante! Ne le trouvez-vous pas allumé comme il faut?
Satisfaits ou pas, qu'est-ce que cela fait?
Regardez le soleil avec un milliard de rayons tout occupé après la terre
Comme une vieille femme aux mailles de son crochet.

YSÉ

Il me tue! Je ne puis en supporter la force!

AMALRIC

La pleine force du soleil, la pleine force de ma vie.
C'est bon que l'on puisse voir la mort en face et j'ai force pour lui résister.

MESA

Midi au ciel. Midi au centre de notre vie.

Et nous voilà ensemble, autour de ce même âge
de notre moment, au milieu de l'horizon complet,
libres, déballés,
Décollés de la terre, regardant derrière et devant.

YSÉ

Derrière de l'eau et devant nous de l'eau encore.

DE CIZ

Que c'est amer d'avoir fini d'être jeune!

MESA

Qu'il est redoutable de finir d'être vivant!

AMALRIC

Qu'il est beau de ne pas être mort, mais d'être
vivant!

YSÉ

Le matin était plus beau.

MESA

Le soir le sera plus encore.
Avez-vous bien vu hier
Comme du cœur de la grande substance de la mer
Il naissait, feuillages verts
Et lacs roses et tabac, et traits de feu rouge dans
le grouillant chaos clair,
Couleur huileusement de la couleur, la couleur de
toutes les couleurs du monde. Ainsi
Que le jeune homme avec la jeune fille
Se réjouisse de la couleur la plus verte. Mais le
saint
Triomphe à son dernier jour, quand se rompt enfin

Le parfum longuement mûri dans son profond
cœur.

AMALRIC

L'heure est là
Meilleure qui est celle-ci. Je ne demande qu'une
Chose : voir clair,
Bien voir
Les choses comme elles sont,
Ce qui est bien plus beau, et non comme je les
désire; ce que je fais et ce que j'ai à faire.

DE CIZ

Il n'y a plus de temps à perdre.

MESA

Ce n'est point le temps qui manque, c'est nous qui
lui manquons.

AMALRIC

Laissez faire. Que ma chance me passe à main,
Je ne la manquerai pas.

YSÉ

Que c'est drôle tout de même!
Les oiseaux et les poissons gris
Ont un endroit pour y faire leur ménage, une haie,
un trou sous le chicot de saule.
Mais nous autres tous les quatre nous n'avons pu
nous arranger d'aucune place.
Nous voilà ballants sur ce pont de bateau, au
milieu d'une mer absurde!
Vous autres, vous êtes libres! Mais moi, pauvre
femme avec ces enfants dans mon tablier, quatre
membres chacun!

Et il me faut vivre comme un garçon avec ces trois
hommes qui ne me lâchent point! Et ma maison
C'est cette chaise longue et huit colis sur le bulletin
de bagages,
Trois malles de cabine, trois malles et deux caisses
dans la soute, une valise et une malle à chapeaux.
Mes pauvres chapeaux!

MESA

Voici l'âge où il est inquiétant d'être libre.

AMALRIC

Point de mauvais présages. Examinons nos figures
comme quand on joue au poker, les cartes données.
Nous voilà engagés ensemble dans la partie comme
quatre aiguilles, et qui sait la laine.
Que le destin nous réserve à tricoter ensemble
tous les quatre?

DE CIZ

Il n'y a plus de temps à perdre. Il n'y a plus à
faire le difficile.
— Mesa, un mot encore, je vous prie.

Ils passent à tribord.
Ysé s'étend sur une chaise longue et prend son
livre. Amalric s'assoit à quelque distance d'elle,
fumant et la regardant. Au bout d'un moment il
jette son cigare. Ysé lève les yeux vers lui et pose
son livre.

YSÉ

Ainsi vous ne saviez pas que nous étions à bord?

AMALRIC

Nous étions déjà partis quand je vous ai reconnue.
Ils restaient tous à l'arrière. Il n'y avait que nous

deux à l'autre bout. Cette grande femme qui s'épau-
lait contre le vent.

YSÉ

Ainsi vous m'avez reconnue tout de suite? Ainsi
je ne suis pas tant changée depuis dix ans?

AMALRIC

La même, vous-même,
Mieux. Un regard m'a suffi.
La même que je connaissais. La même stature.
Le même noir tout à coup sur l'air. Libre et droite,
hardie, souple, résolue.

YSÉ

Toujours jolie?

> *Elle le regarde, rit, rougit. — Pause.*

AMALRIC

Je vous ai bien reconnue.

YSÉ

Je me souviens. J'avais mon grand manteau et
mon chapeau de feutre.

AMALRIC

C'est elle. C'était vous.

YSÉ

J'étais contente! Dites,
Malgré tout, dans le fond, on est toujours content
De partir, de laisser toute la boutique derrière soi.

Hein? point de chapeau, point de mouchoir que
l'on agite pour nous autres!

AMALRIC

Non.

YSÉ

Pas une pauvre petite femme quelque part qui
chigne de tout son cœur?
Quelque veuve bien aimable, quelque petite vierge
droite comme une verge d'osier et ronde comme un
sifflet.

Elle rit.

C'est bien. Cela ne fait rien.
— J'étais contente!
Comme tout était salé! Un de ces ciels méchants,
ravagés,
Comme je les aime. Et la mer, comme elle sautait
sur nous, la païenne! Voilà une mer!
Mais ça, ici,
C'est un parquet sur qui nous patinons ennuyeuse-
ment. Et c'est si rétamé
Que ça gêne, comme vous dites. Quelle souillasse
magnifique
Nous faisons là-dessus! Mais vous dites que vous
aimez ces eaux dormantes.

AMALRIC

Je les aime. J'aime sentir qu'on fait son trou
dedans.
Et je déteste d'être ainsi manié, berné, bercé,
brossé, crossé, culbuté,
Comme là-haut près de la Crète, oh là là! par ce
fou de vent dont on ne sait ni qui ni pourquoi.
Ici tout est fini, à la bonne heure! Tout est *résolu*
pour de bon.
La situation

Réduite à ses traits premiers, comme aux jours
de la Création :
Les Eaux, le Ciel, moi entre les deux comme le
héros Izdubar.

YSÉ

Amalric! vous n'avez pas toujours autant détesté
Ce fou de vent dont on ne sait ni qui ni pourquoi.

Silence.

AMALRIC

Ysé, pourquoi n'avez-vous pas voulu à ce moment?

YSÉ

Vous n'aviez pas d'argent.

AMALRIC

Et puis quoi?

YSÉ

Vous me sembliez trop fort, trop assuré,
Trop sûr de vous-même. Cette manière de serrer
les dents!
Je veux que l'on ait besoin de moi! Vous voyez
que l'on peut se passer de vous.

AMALRIC

Et puis quoi?

YSÉ

Et puis
Je me sentais trop faible auprès de vous. Cela
me vexait.

AMALRIC

Et c'est pour cela que vous l'avez épousé?

YSÉ

Je l'aime, je l'ai aimé.

AMALRIC

Dame, de vous deux, ce n'est point lui qui est le plus fort!

YSÉ

Quand il me regarde d'une certaine façon, j'ai honte.
Quand il me regarde de ses grands yeux aux longs cils, (il a des yeux de femme tout à fait),
De ses grands yeux noirs, (on ne peut rien voir dans ses yeux),
Le cœur me tourne, ah, j'ai plus tôt fait de lui laisser faire ce qu'il veut. J'ai essayé, je ne puis lui résister pas.

AMALRIC

Et voilà de quoi vous êtes en colère contre lui. Il vous aime cependant.

YSÉ

Il ne m'aime pas!
Il m'aime à sa manière. Il n'aime que lui. Je me souviens de notre nuit de noces.
Et tous ces enfants que j'ai eus coup sur coup! Car il y en a un que j'ai perdu.
Les fuites, les craintes, les aventures! Tant d'années de ma jeunesse que voilà passées!

AMALRIC

Et cependant Ysé, Ysé, Ysé,

Cette grande matinée éclatante quand nous nous
sommes rencontrés! Ysé, ce froid Dimanche éclatant,
à dix heures sur la mer!

Quel vent féroce il faisait dans le grand soleil!
Comme cela sifflait et cinglait, et comme le dur mis-
tral hersait l'eau cassée,

Toute la mer levée sur elle-même, tapante, cla-
quante, ruante dans le soleil, détalant dans la tempête!

C'est hier sous le clair de lune, dans le plus profond
de la nuit

Qu'enfin, engagés dans le détroit de Sicile, ceux qui
se réveillaient, se redressant, effaçant la vapeur sur
le hublot,

Avaient retrouvé l'Europe, tout enveloppée de
neige, grande et grise,

Sans voix, sans figure, les accueillant dans le sommeil.

Et ce clair jour de l'Épiphanie, nous laissions à
notre droite derrière nous,

La Corse, toute blanche, toute radieuse, comme une
mariée dans la matinée carillonnante!

Ysé, vous reveniez d'Égypte, et moi, je ressortais
du bout du monde, du fond de la mer,

Ayant bu mon premier grand coup de la vie et ne
rapportant dans ma poche

Rien d'autre qu'un poing dur et des doigts sachant
maintenant compter.

Alors un coup de vent comme une claque

Fit sauter tous vos peignes et le tas de vos cheveux
me partit dans la figure!

Voilà la grande jeune fille

Qui se retourne en riant; elle me regarde et je la
regardai.

YSÉ

Je me rappelle! vous laissiez pousser votre barbe

à ce moment, elle était roide comme une étrille!

Comme j'étais forte et joyeuse à ce moment! comme je riais bien! comme je me tenais bien!

Et comme j'étais jolie aussi!

Et puis la vie est venue, les enfants sont venus,

Et maintenant vous voyez comme me voilà réduite et obéissante

Comme un vieux cheval blanc qui suit la main qui le tire,

Remuant ses quatre pieds l'un après l'autre.

> *Elle rit aux éclats.*

AMALRIC

Allons! Je vois que l'on sait rire encore!

YSÉ

On m'a tenue en prison, et maintenant je suis libre et l'air de la mer me monte au nez!

— Il ne fallait pas me croire si vite, il ne fallait pas me prendre cruellement au mot.

J'étais si folle à ce moment! C'est drôle! Je me sens si petite fille encore!

Voilà, je n'ai point eu de parents pour m'élever, Amalric. Une étrangère, je n'emploie pas tous les mots comme il faut.

J'ai poussé toute seule, à ma façon. Il ne faut point me juger mal.

Avec un autre tout cela aurait pu être autrement.

AMALRIC

Ces beaux yeux brillants! A présent vous voilà les larmes aux yeux! Quelle bête vous faites.

> *Ils rient tous deux.*

YSÉ

Et me voilà repartie de nouveau, comme cela, pour où je n'en sais rien.

AMALRIC

Comment? votre mari n'a-t-il pas ses affaires en Chine?

YSÉ

Rien du tout, que sa chance en qui il se confie.

AMALRIC

Bah! c'est une plante à caoutchouc toujours prête à gagner et à foisonner! c'est une liane gloutonne! il trouvera son arbre.
J'ai vu qu'il cause beaucoup
Avec notre compagnon, Mesa.

Pause.

Mesa
M'a parlé de ce chemin de fer que l'on fait
Vers le Siam, ces lignes télégraphiques vers les États Shan, vous savez?

YSÉ

Je ne sais pas du tout. Maski! Nous nous sommes toujours arrangés!

AMALRIC

Mesa. J'aime à causer avec lui. Il ne regarde rien. S'il fait attention,
Ce n'est pas à vous, mais seulement à ce que vous dites, comme si cela raisonnait tout seul. Et si la chose lui dit,
Ou pas, son visage s'éclaire ou s'assombrit. On voit tout ce qu'il pense, cela fait pitié!
Il est rude comme ceux qui ont en eux *(déclamant)*
« Une grande semence à défendre ».
Je le crois intact.

YSÉ

Ne vous moquez pas.

AMALRIC

Moi? Je ne me moque pas. Voilà que vous êtes
en colère. Je l'aime. Ne vous fâchez pas.

YSÉ

J'aime ce garçon et je voudrais qu'il m'aime et
m'estime.

Pourquoi est-ce que vous êtes toujours avec moi
et ne me lâchez-vous pas d'un pied?

Qu'est-ce que les gens pensent? Je le vois qui nous
regarde.

Et je suis sûre qu'il nous a vus l'autre jour
Lorsque vous m'avez embrassée.

AMALRIC

Je vous laisserai donc.

YSÉ

Le voyant tout seul, je suis allée auprès de lui
cette autre nuit,

Vous savez, quand nous avions fait venir ce pauvre
bonhomme,

Léonard, qui nous chantait ces choses de café-
concert; il n'était pas resté avec nous.

Vous vous rappelez? J'avais une robe de crêpe de
Chine noir;

Vous trouvez qu'elle me va bien.

Et j'étais allée m'accouder près de lui, et il m'inju-
riait de tout son cœur à voix basse,

Eh bien, me traitant
Comme traitée je ne fus jamais!

Et je lui demandais bien pardon, et je pleurais à
chaudes larmes comme une petite fille!

AMALRIC

Pauvre Ysé!

YSÉ

Oui, vous avez raison, pauvre Ysé! Ysé, Ysé, pauvre, pauvre Ysé!

AMALRIC

Pauvre Mesa!

YSÉ

Et l'on dit qu'il a une grande position à la Chine.

AMALRIC

Il a été fait Commissaire de la Douane tout jeune.
Il parle tous les dialectes. C'est le conseiller des
vice-rois du Sud.
C'est lui qui peut le plus en ces lieux.
Il est sombre. Il est las. Il a « d'autres idées ». Il dit
Que c'est la dernière fois qu'il revient. La manie
religieuse.
Cette affaire dont lui parle votre mari, je ne sais
ce que c'est
L'a frappé. Moi, je lui dis de se méfier. Il cherche
Quelqu'un pour ses lignes. C'est une très grosse
affaire.
Une très grosse affaire. Dire que le climat est bon,
bon, bon,
Ce ne serait pas vrai. Mais votre mari
A l'habitude de ces pays chauds.

YSÉ

Je sais qu'il s'est toujours occupé d'électricité.

AMALRIC

Comme cela va bien! Nous allons donc les laisser
ensemble, Mesa et lui,
Et je m'en vais, prenant Ysé, tenant Ysé, emme-
nant Ysé avec moi où je vais.

YSÉ

Vraiment?
Pensez-vous que l'on me prend, pensez-vous que
l'on m'emmène ainsi?

AMALRIC

Si je le voulais, pourtant!
Quand je le voudrai, ma guerrière, je vous mettrai
la main sur l'épaule.
Je prendrai Ysé, je tiendrai Ysé, j'emmènerai
Ysé,
Avec cette main que voici, avec cette main que
vous voyez, et qui est une grosse et vilaine main.

YSÉ

Tant pis pour vous en ce cas. Je ne porte pas où
je vais le bonheur.

AMALRIC

Ysé, cela est vrai, pourquoi attendre?
J'ai les mains agréables.
Vous savez très bien que vous ne trouverez pas
ailleurs qu'avec moi
La force qu'il vous faut et que je suis l'homme.

YSÉ

Laissez-moi.
        Il la regarde, réfléchissant. Elle tient les yeux

sur son livre. Il prend un cigare et s'éloigne.
Rentre Mesa, qui se dirige gauchement vers
Ysé et, voyant qu'elle ne le regarde pas, il reste
hésitant.

MESA

Qu'est-ce que vous lisez là qui est défait et déplumé
comme un livre d'amour?

YSÉ

Un livre d'amour.

MESA

Page 250. Vous avez eu raison de l'éplucher de
ses feuilles extérieures.
Le difficile est de finir, c'est toujours la même chose,
La mort ou la sage-femme.

YSÉ

C'est toujours trop long. Un écrit d'amour, cela
devrait être si soudain
Qu'une fleur, par exemple, un parfum, vous voyez
bien que l'on a tout eu, qu'on a tout, que l'on aspire
tout
D'un seul trait, que cela vous fît faire ah! seulement;
Un parfum si droit, si prompt, que cela vous fît
Sourire seulement, un petit peu : ah! et voilà que
l'on est parti!

MESA

Ce n'est pas une fleur que l'on respire.

YSÉ

L'amour? Nous parlions d'un livre. Mais l'amour
même,
Ça, je ne sais ce que c'est.

MESA

Eh bien, ni moi non plus. Cependant je puis comprendre...

YSÉ

Il ne faut pas comprendre, mon pauvre monsieur!
Il faut perdre connaissance. Moi, je suis trop méchante, je ne puis pas.
C'est une opération à subir. C'est le tampon d'éther que l'on vous fourre sous votre nez.
Le sommeil d'Adam, vous savez! c'est écrit dans le catéchisme. C'est comme ça que l'on a fait la première femme.
Une femme, dites, songez un peu! tous les êtres qu'il y a en moi! Il faut se laisser faire,
Il faut mourir
Entre les bras de celui qui l'aime, et est-ce qu'elle se doute, l'innocente,
Rien du tout! ce qu'il y a en elle et ce qu'il en va sortir? Elle ne sait rien! Une mère de femmes et d'hommes!

MESA

Qu'est-ce qu'il y a à demander à une femme?

YSÉ

Beaucoup de choses, il me semble. Entre autres, cet enfant qui se met à naître.

MESA

Il s'agit bien d'enfants! Vous avez mal compris ce que je voulais dire l'autre jour.
Je suppose que c'est une telle atteinte,
Une telle commotion de sa substance...

Il essaye de parler, bafouille, bégaie, ferme

la bouche et la regarde avec des yeux étincelants,
les lèvres frémissantes.
Elle se met à rire aux éclats.

YSÉ

Parlez, professeur, je vous écoute! Il ne faut pas
vous mettre en colère.

MESA

C'est tout
En lui qui demande tout en une autre!
Voilà ce que je voulais dire; ce n'est pas la peine de
rire bêtement.
Il ne s'agit pas d'un enfant! c'est lui pour naître, on
ne sait comment,
Qui profite de ce moment que nous trouvons de
l'éternité.
Mais tout amour n'est qu'une comédie
Entre l'homme et la femme; les questions ne sont
pas posées.

YSÉ

La comédie est amusante quelquefois.

MESA

Je n'ai point d'esprit.

YSÉ

Cependant vous parlez mieux que mon livre,
Quand vous le voulez. Comme vos yeux brillent,
professeur,
Lorsque l'on vous fait parler
Philosophie. Vous avez de beaux yeux gris. J'aime
vous regarder entendre tout bouillonnant! J'aime
Vous entendre parler, même ne comprenant pas.

Soyez mon professeur!
Ne vous effarouchez point! Je suis sans instruction,
je suis sotte,
Ne me jugez point mal. Je ne suis point si mauvaise
que vous croyez, je ne réfléchis pas.
Personne ne m'a appris.
Personne ne m'a parlé comme vous, l'autre soir.
Je le sais, vous avez raison, je suis mauvaise.

MESA

Je n'ai point à vous juger.

Pause.

YSÉ

Restez. Ne vous en allez pas.

MESA

Je ne veux pas m'en aller.

YSÉ

Avec ça que l'on ne sait point ce que vous pensez!
Nous voici donc tous les deux. Vous et moi, comme
cela est triste!
Il y a entre nous un tel suspens, un état d'exclusion
si fin
Que la plus mauvaise petite pensée le dérange.
Pauvre Mesa, je vous vois si malheureux! Ne me
croyez point joyeuse.

MESA

Je ne suis pas malheureux.

YSÉ

Il faut prendre soin de vous. On m'a dit que vous
ne mangez plus. — Pourquoi cet air farouche?

MESA

Qui « vous a dit »? Je ne suis point malheureux.
Je n'ai rien à vous dire.

Allez causer avec Amalric! Vous ne ferez point la
maman, vous ne ferez point la coquette avec moi.

Si j'ai quelque peine elle est à moi! Cela du moins
est à moi!

Cela du moins est à moi.

YSÉ

Ne soyez point brutal.

MESA

Vous voudriez me faire parler! dites, cela vous
amuserait de me voir faire le veau!

Vous le savez très bien que ces pauvres diables
d'hommes, ces gros garçons,

Cela n'aime rien tant que parler, mentir, montrer
son noble cœur.

Combien j'ai souffert, combien je suis beau.

Je n'ai rien à vous dire. Vous, vous êtes heureuse,
cela suffit.

YSÉ

Croyez-vous que je sois heureuse?

MESA

Vous devez l'être. Vous devriez l'être.

YSÉ

Ah? Eh bien, si je tiens à ce bonheur, quoi que
ce soit que vous appeliez ainsi,

Que je sois une autre! Un blâme sur moi si je ne
suis prête à le secouer de ma tête

Comme un arrangement de ses cheveux que l'on défait!

MESA

Gardez bien serré ce fourrage horrible!
Et que le sage enfant tenant dans son bras la sage maman
Relisse avec affection près de la petite oreille
La mèche folle qui veut s'échapper.
Vous riez, vous rougissez. Niez que vous soyez heureuse!

YSÉ

Ne me faites point de reproche.

MESA

J'aime à vous regarder. Vous êtes belle.

YSÉ

Vous le trouvez vraiment? Je suis contente que vous me trouviez belle.

MESA

Comme cela me fait peur de vous voir ainsi,
Si belle, si fraîche, si jeune, si folle, avec cet homme qui est votre mari;
Connaissant le pays où vous allez.

YSÉ

Amalric m'a dit la même chose.

Mesa : un geste.

Ne nous abandonnez pas!

Vous savez que nous allons rester quelque temps à
Hong-Kong,
Où vous vivez, je crois.

Silence.

Eh bien, cela ne vous plaît pas?

MESA

Je ne suis pas pour longtemps en Chine. Le temps
que j'y règle mes intérêts.

YSÉ

Un an, peut-être, deux ans?

MESA

Oui..., peut-être..., plus ou moins.

YSÉ

Et puis?

MESA

Rien!

YSÉ

Un an, deux ans, peut-être, plus ou moins, et
puis rien?

MESA

Et puis rien! Oui. Qu'est-ce que cela vous fait?
Votre vie est arrangée, je suis un chien jaune! que
vous importe la mienne? Chacun vous aime.

YSÉ

En êtes-vous fâché?

MESA

Vivez votre vie. Mais pour moi je n'ai rien voulu
Avoir. J'ai quitté les hommes.

YSÉ

Bah!
Vous emportez toute la collection avec vous.

MESA

Riez! Vous êtes belle et joyeuse, et moi, je suis
sinistre et seul.
Et je ne veux rien de vous; qu'auriez-vous à faire de
moi? Qu'y a-t-il entre vous et moi?

Pause.

YSÉ

Mesa, je suis Ysé, c'est moi.

MESA

Il est trop tard.
Tout est fini. Pourquoi venez-vous me rechercher?

YSÉ

Ne vous ai-je pas trouvé?

MESA

Tout est fini! Je ne vous attendais pas.
J'avais si bien arrangé
De me retirer, de me sortir d'entre les hommes,
c'était fait!
Pourquoi venez-vous me rechercher? pourquoi
venez-vous me déranger?

YSÉ

C'est pour cela que les femmes sont faites.

MESA

J'ai eu tort, j'ai eu tort
De causer et de... et de m'apprivoiser ainsi avec
vous,
Sans méfiance comme avec un aimable enfant dont
on aime à voir le beau visage,
Et cet enfant est une femme, et voilà que l'on
rit quand elle rit.
— Qu'ai-je à faire avec vous? Qu'avez-vous à faire
de moi? Je vous dis que tout est fini.
C'est vous! Mais pas plus vous qu'aucune autre!
Qu'est-ce qu'il y a à attendre, qu'est-ce qu'il y a à
comprendre chez une femme?
Qu'est-ce qu'elle vous donne après tout? et ce
qu'elle demande,
Il faudrait se donner à elle tout entier!
Et il n'y a absolument pas moyen, et à quoi est-ce
que cela servirait?
Il n'y a pas moyen de vous donner mon âme, Ysé.
C'est pourquoi je me suis tourné d'un autre côté.
Et maintenant pourquoi est-ce que vous venez me
déranger? pourquoi est-ce que vous venez me recher-
cher? Cela est cruel.
Pourquoi est-ce que je vous ai rencontrée? Et
voici que, faisant attention à moi,
Vous tournez vers moi votre aimable visage. Il
est trop tard!
Vous savez bien que c'est impossible! Et je sais que
vous ne m'aimez pas.
D'une part, vous êtes mariée, et d'autre part, je
sais que vous avez goût
Pour cet autre homme, Amalric.
Mais pourquoi est-ce que je dis cela et qu'est-ce que
cela me fait?
Faites ce qu'il vous plaira. Bientôt nous serons

séparés. Ce que j'ai du moins est à moi. Ce que j'ai
du moins est à moi.

YSÉ

Que craignez-vous de moi puisque je suis l'impossible?
Avez-vous peur de moi? Je suis l'impossible. Levez
les yeux,
Et regardez-moi qui vous regarde avec mon visage
pour que vous me regardiez!

MESA

Je sais que je ne vous plais point.

YSÉ

Ce n'est point cela, mais je ne vous comprends pas.
Qui vous êtes, qui ce que vous voulez, qui
Ce qu'il faut être, comment il faut que je me fasse
avec vous. Vous êtes singulier.
Ne faites point de grimace! Oui, je crois que vous
avez raison, vous n'êtes pas
Un homme qui serait fait pour une femme,
Et en qui elle se sente bien et sûre.

MESA

Cela est vrai. Il me faut rester seul.

YSÉ

Il vaut mieux que nous arrivions et que nous ne
restions pas ensemble davantage.

Pause.

MESA

Pourquoi?

Pourquoi est-ce que cela arrive? Et pourquoi faut-il
que je vous rencontre
Sur ce bateau, à cet instant que ma force a décru, à
cause de mon sang qui a coulé?
— Est-ce que vous ne croyez pas en Dieu?

YSÉ

Je ne sais pas. Je n'y ai jamais pensé.

MESA

Mais vous croyez en vous-même et que vous
êtes belle,
Avec une conviction profonde.

YSÉ

Si je suis belle, ce n'est pas ma faute.

MESA

Du moins, vous, l'on sait qui vous êtes et à qui
l'on a affaire.
Mais supposez quelqu'un avec vous
Pour toujours; en soi-même et qu'il faille tolérer
en soi-même un autre.
Il vit, je vis; il pense et je pèse en mon cœur sa
pensée.
Lui qui a fait mes yeux, est-ce que je puis ne
point le voir? lui-même qui a fait mon cœur,
Je ne puis m'en débarrasser. Vous ne me comprenez
pas! Mais il ne s'agit pas de comprendre!
Est-ce qu'une parole, elle peut se comprendre soi-
même? mais afin qu'elle soit,
Il faut un autre qui la lise.
O la joie d'être pleinement aimé! ô le désir de
s'ouvrir par le milieu comme un livre!
Et soi-même, ceci seulement, eh quoi,
Que l'on est totalement clair, lisible, mais que
l'on se sente actuellement

Prononcé
Comme un mot supporté par la voix et par l'into-
nation de son verbe!
O le tourment de se sentir épelé comme de quelqu'un qui n'en vient pas à bout! Il ne me laisse pas
de repos!
J'ai fui à cette extrémité de la terre!
Me voici à cette autre position sur le diamètre,
comme quelqu'un qui mesure une base pour prendre
une distance astronomique,
Loin de la vieille maison dans la paille, pareille à un
œuf cassé.
Moi qui aimais tellement ces choses visibles, ô
j'aurais voulu tout voir, avoir avec appropriation,
Non point avec les yeux seulement, ou le sens seulement, mais avec l'intelligence de l'esprit,
Et tout connaître afin d'être tout connu.
Mais il ne me laisse point de temps. Me voici au
milieu de ces peuples païens et il m'y a retrouvé,
Et je suis comme un débiteur que l'on presse et
qui ne sait point même ce qu'il doit.

YSÉ

C'est alors que vous êtes rentré en France?

MESA

Que pouvais-je faire? où est ma faute?
Je suis sommé de donner
En moi-même une chose que je ne connais pas. Eh
bien, voici le tout ensemble! Je me donne moi-même.
Me voici entre vos mains. Prenez vous-même ce
qu'il vous faut.

YSÉ

Vous avez été repoussé?

MESA

Je n'ai pas été repoussé. Je me suis tenu devant Lui

Comme devant un homme qui ne dit rien et qui ne
prononce pas un mot.

— Les choses ne vont pas bien à la Chine. On me
renvoie ici pour un temps.

YSÉ

Supportez le temps.

MESA

Je l'ai tellement supporté! J'ai vécu dans une
telle solitude entre les hommes! Je n'ai point trouvé
Ma société avec eux.

Je n'ai point à leur donner, je n'ai point à recevoir
la même chose.

Je ne sers à rien à personne.

Et c'est pourquoi je voulais Lui rendre ce que
j'avais.

Or je voulais tout donner,

Il me faut tout reprendre. Je suis parti, il me faut
revenir à la même place.

Tout a été en vain. Il n'y a rien de fait. J'avais en
moi

La force d'un grand espoir! Il n'est plus. J'ai été
trouvé manquant. J'ai perdu mon sens et mon propos.

Et ainsi je suis renvoyé tout nu, avec l'ancienne vie,
tout sec, avec point d'autre consigne

Que l'ancienne vie à recommencer, l'ancienne vie à
recommencer, ô Dieu! la vie, séparé de la vie,

Mon Dieu, sans autre attente que Vous seul qui ne
voulez point de moi,

Avec un cœur atteint, avec une force faussée!

Et me voilà bavardant avec vous! qu'est-ce que
vous comprenez à tout cela? qu'est-ce que cela vous
regarde ou vous intéresse?

YSÉ

Je vous regarde, cela me regarde.

Et je vois vos pensées, confusément comme des
moineaux près d'une meule lorsque l'on frappe dans
ses mains,
Monter toutes ensemble à vos lèvres et à vos yeux?

MESA

Vous ne me comprenez pas.

YSÉ

Je comprends que vous êtes malheureux.

MESA

Cela du moins est à moi.

YSÉ

N'est-ce pas? Il vaudrait mieux que ce fût Ysé
qui fût à vous?

Pause.

MESA, *lourdement.*

Cela est impossible.

YSÉ

Oui, cela est impossible.

MESA

Laissez-moi vous regarder, car vous êtes interdite.
Pourquoi est-ce que vous me regardez ainsi?

YSÉ

Pauvre Mesa! C'est curieux, je ne vous avais
jamais vu!

J'aime chacun de vos traits, et cependant l'on ne
vous trouvera jamais beau.

Peut-être que vous n'êtes pas assez grand. Je ne
vous trouve pas beau.

MESA

Ysé,

Répondez-moi, que je le sache. Bientôt nous serons
séparés.

Cela n'a pas d'importance.

Supposez

Que nous soyons libres tous les deux, est-ce que
vous consentiriez à m'épouser?

YSÉ

Non, non, Mesa.

MESA

Vous êtes Ysé. Je sais que vous êtes Ysé.

YSÉ

C'est vrai. Pourquoi est-ce que j'ai dit cela tout à
l'heure?

Je n'en sais rien. Je ne sais ce qui m'a pris tout
à coup.

C'est quelque chose de nouveau tout à coup,

Quelque chose de tout nouveau,

Qui m'a poussée. A peine dit

Le mot, j'en ai été choquée. Est-ce que vous savez
toujours ce que vous dites?

MESA

Je sais que vous ne m'aimez pas.

YSÉ

Mais voilà, voilà ce qui m'a surprise! Voilà ce que
j'ai appris tout à coup!
Je suis celle que vous auriez aimée.

MESA

Laissez-moi donc vous regarder. Comme cela est
amer,
De vous avoir ainsi avec moi. Si j'étends la main,
Je puis vous toucher, et si je parle,
Vous me répondez et vous entendez ce que je dis.

YSÉ

Je ne m'y serais pas attendue. Je ne faisais pas
attention à vous. Je vous respecte. Je n'ai pas été
coquette avec vous. Cela ne m'est pas agréable à
penser.

MESA

Pourquoi est-ce maintenant que je vous rencontre?
Ah, je suis fait, je suis fait pour la joie,
Comme l'abeille ivre comme une balle sale dans le
cornet de la fleur fécondée!
Il est dur de garder tout son cœur. Il est dur de
ne pas être aimé. Il est dur d'être seul. Il est dur
d'attendre,
Et d'endurer, et d'attendre, et d'attendre toujours,
Et encore, et me voici à cette heure de midi où
l'on voit tellement ce qui est tout près
Que l'on ne voit plus rien d'autre. Vous voici donc!
Ah, que le présent semble donc près et l'immédiat
à notre main sur nous
Comme une chose qui a force de nécessité.
Je n'ai plus de forces, mon Dieu! Je ne puis, je
ne puis plus attendre!
Mais c'est bien, cela passera aussi. Soyez heureuse!

Je reste seul. Vous ne connaîtrez pas une telle
chose que ma douleur.

Cela du moins est à moi. Cela du moins est à moi.

YSÉ

Non, non, il ne faut point m'aimer. Non, Mesa, il
ne faut point m'aimer.

Cela ne serait point bon.

Vous savez que je suis une pauvre femme. Restez
le Mesa dont j'ai besoin,

Et ce gros homme grossier et bon qui me parlait
l'autre jour dans la nuit.

Qui y aura-t-il que je respecte

Et que j'aime, si vous m'aimez? Non, Mesa, il ne
faut point m'aimer!

Je voulais seulement causer, je me croyais plus
forte que vous

D'une certaine manière. Et maintenant c'est moi
comme une sotte

Qui ne sais plus que dire, comme quelqu'un qui
est réduit au silence et qui écoute.

Vous savez que je suis une pauvre femme et que si
vous me parlez d'une certaine façon,

Il n'y a pas besoin que ce soit bien haut, mais
que si vous m'appelez par mon nom,

Par votre nom, par un nom que vous connaissez
et moi pas, entendante,

Il y a une femme en moi qui ne pourra pas s'empêcher de vous répondre.

Et je sens que cette femme ne serait point bonne

Pour vous, mais funeste, et pour moi il s'agit de
choses affreuses! Il ne s'agit point d'un jeu avec vous.
Je ne veux point me donner tout entière.

Et je ne veux pas mourir, mais je suis jeune

Et la mort n'est pas belle, c'est la vie qui me
paraît belle; comme la vie m'a monté à la tête sur
ce bateau!

C'est pourquoi il faut que tout soit fini entre nous.

Tout est dit, Mesa. Tout est fini entre nous.
Convenons que nous ne nous aimerons pas.

Dites que vous ne m'aimerez pas. Ysé, je ne vous
aimerai pas.

MESA

Ysé, je ne vous aimerai pas.

YSÉ

Ysé, je ne vous aimerai pas.

MESA

Je ne vous aimerai pas.

Ils se regardent

YSÉ, *à voix basse.*

Répétez-le encore que j'entende.

MESA

Je ne vous aimerai pas.

Rentre Amalric.

AMALRIC

Vous auriez dû venir pour voir tuer notre bœuf.
On est en train de l'écorcher. C'est très beau à voir.

Cela est rose et bleu, cela est iridescent et nacré,
mais ah bien! c'est la mer qui est encore plus tapée!

On la sent qui s'arrange, qui se prépare pour le
soir. Oh! il n'y a presque aucun ton encore,

Mais comme elle est bien en chair, que l'on la sent
comme un épais velours et comme un dos de femme!

Vous allez voir sa toilette! Rien de vos fades haill-
lons. Les femmes ne savent plus s'habiller.

Voilà ce que me disait Mesa.

YSÉ

Est-il vrai?

AMALRIC

Je mens. Ne l'accusez pas.

Mais de quoi donc pouvez-vous bien parler tous les deux? Il ne vous quitte pas.

Je ne le reconnais plus. Vous m'avez changé notre Mesa.

YSÉ

Il me fait de la morale. Il est mon professeur.

AMALRIC

Vous êtes le sien aussi.

YSÉ

Il y a à apprendre avec lui. Il connaît les femmes. Il est prompt à vous donner conseil.

Un de ces hommes toujours prêts à offrir leur vie et qui vous la donneraient

A condition d'être débarrassés de vous. Extrême, extrême; quinteux, point de mesure;

Toujours plus qu'il ne faut. Est-il vrai? C'est pour cela, que j'aime mon petit Mesa.

C'est ainsi que je suis aussi.

MESA

Cela est vrai. Il fait bon près d'une femme;

On est comme assis à l'ombre et j'aime à l'entendre parler avec une grande sagesse,

Et me dire des choses dures, malignes,

Pratiques, bassement vraies, comme les femmes savent en trouver.

Cela me fait du bien.

AMALRIC

Des choses comme votre mari en entend?
Il sourit et l'on voit bien qu'il va parler, mais il
ne dit rien.
Il est tranquille et content.

YSÉ

Pauvre garçon!

AMALRIC

Est-ce que vous l'aimez?

YSÉ

Je suis un homme! je l'aime comme on aime une
femme!

Elle rit aux éclats.

MESA

On ne rit pas aux éclats.

YSÉ

Mais cela me va bien, professeur! Je ne suis pas
Française.

Elle rit.

AMALRIC

Regardez-le quand vous riez! Cela l'agace et le
ravit.

YSÉ

J'aime un homme qui est un seul homme et qui
a dans le dos un gros os dur.

AMALRIC

L'ordinaire admiration des femmes : le nègre et le pompier.

MESA

J'aime les nôtres, les touilleurs de feu, quand ils remontent de dessous nous, au soir,
Avec rien que les dents de blanc pour prier dans cette Arabie de la mer!
Quand on a bêché tout le jour dans le poussier, nourrissant le Sultan jaune,
Avec quelle dignité on peut attraper sobrement son quart d'eau!
Et nous autres, les blancs, bavards, cyniques, juponnés, enculottés, les boit-sans-soif, les mangeurs de cochon!

AMALRIC

Le fait est que nous ne gagnons pas à cet emparquement.

MESA

Quel dégoût de s'asseoir à table avec tout le reste
De ce troupeau de bêtes sans poils!

YSÉ

Quel caractère! Moi, cela m'amuse, c'est si gentiment ajusté,
C'est si net, c'est si drôle de voir tout cela marcher, parler,
S'asseoir, se retourner, enfoncer une main dans la poche de son pantalon. Il y a de quoi rire.
Et un bateau, avec tous ses compartiments, avec toutes ces portes que l'on peut ouvrir et fermer,
Quel beau joujou! C'est comme une boîte de naturaliste avec sa récolte,

Toutes les espèces ensemble!
Dites, c'est drôle de voir comment ils s'approchent
et se reconnaissent,
De voir comment ils sont costumés, peignés, chaus-
sés, cravatés,
Le livre qu'ils tiennent à la main, leurs ongles,
Le bout de la langue qui paraît entre les deux
lèvres comme une grosse amande!
Rien qu'une main
Qui s'ouvre et s'agite, comme c'est affairé avec
ses petits doigts! comme je comprends ce qu'elle dit.

MESA

Ils m'ennuient. Je ne les supporte pas.

YSÉ

Et eux, que pensent-ils de vous?

MESA

Je ne sais. Je ne m'en occupe pas. Je ne pense
pas aux autres.

YSÉ

Mesa! Mesa!

MESA

Tiens, c'est vrai! C'est donc que je ne pense qu'à
moi-même?

YSÉ

Voilà que vous le découvrez? Niez que les femmes
servent à quelque chose.
Vous vous occupez de vous seul, vous seul vous
occupez.

Il est plus facile, Mesa, de s'offrir que de se donner.

MESA

Cela est vrai.

YSÉ

Apprenez une chose des femmes! Ah, qui se donne
comme il faut, il forcera bien qu'on l'accepte!
Heureuse
La femme qui a trouvé à qui se donner! Et voilà
que le sot homme se trouve bien surpris avec lui de
cette personne absurde, de cette grande chose lourde
et encombrante. Tant d'habits, tant de cheveux,
quoi faire?
Il ne peut plus, il ne veut plus s'en défaire.
Heureuse la femme qui trouve à qui se donner!
celle-là ne demande point à se reprendre!
Mais qui est
Celui qui a besoin d'elle pour de bon? d'elle toute
seule, et tout le temps, et non pas d'une autre aussi
bien?
Elle se donne à vous, et qu'est-ce qu'elle reçoit
en échange?

AMALRIC

Tout cela est trop fin pour moi. Diable, s'il fallait
qu'un homme tout le temps
Se tracassât précieusement de sa femme, pour
savoir si vraiment il a bien mesuré
L'affection que mérite Germaine ou Pétronille,
vérifiant l'état de son cœur, quel coton!
Tout le sentiment, c'est le petit ménage des
femmes, comme ces boîtes où elles rangent un tas
de fils, et de rubans, et toute espèce de boutons, et
des baleines de corsets.
Et ce qui est dégoûtant, c'est qu'elles sont tout le
temps malades.

Enfin elle est là, n'est-ce pas? Elle manquerait si
elle n'y était pas. C'est gentil à avoir de temps en
temps...

Que dites-vous, Mesa? Soyez franc, mon garçon.
Ai-je raison ou pas?

YSÉ

Amalric... Comment donc dit-il, notre ami le voya-
geur en cuirs?

« Vous êtes un lapin. » Amalric, vous êtes un lapin.

Elle rit aux éclats.

AMALRIC

Voici votre mari qui vient se joindre à nous.
Toujours distingué et silencieux.

Entre de Ciz.

AMALRIC, *l'interpellant.*

De Ciz, nous deviendrons tous riches!

DE CIZ

Ainsi soit-il!

AMALRIC

Aucun doute à ce sujet! Et d'abord est-ce qu'il
ne nous faut pas de l'argent à tous?

Demandez à cette dame que voilà. Et ce Mesa qui
est comme un homme sans poches! Pour ne pas
parler de vous et de moi.

Je vous dis que je sens la fortune dans l'air! Et
allez donc, je m'y connais! Je reconnais cette odeur!
Est-ce que vous ne sentez pas comme une haleine?

Ah, je le sais, mon cœur se dilate, nous avons
passé une certaine ligne!

Je reconnais mon vieil Est! Il est pour moi ce
qu'est pour la dame d'Épinal ou de Wassy-sur-Blaise
Tout à coup le Grand Magasin du Louvre bondé
d'étoffes et de savons!
C'est l'Inde qui est devant nous. Ne l'entendez-
vous pas, si pleine
Qu'on entend le bruissement de ce milliard d'yeux
qui clignent?
Hein! quelle chance de ne plus être en France!
Nous ne reviendrons plus en arrière! Que tout ce
fourrage me paraissait fade et aqueux!
Quel dégoût que cette verdouillade! et pas de soleil,
Que ce pâle fourneau de chauffe-bain!

DE CIZ

Encore une fois, nous avons passé Suez.

MESA

On ne le passe qu'une fois pour de bon. Je pense
que nous l'avons tous passé cette fois.

AMALRIC

Nous ne le repasserons plus jamais, hourra! nous
ne reviendrons plus en arrière, hourra! mais nous
serons tous morts l'année prochaine, hourra!

YSÉ

Voilà une belle prière.

AMALRIC

En tout cas, il faut tous devenir riches ou sinon,
c'est bien de notre faute! Nous voilà à même. Je veux
faire un tas énorme!
Je reconnais mon brave Levant, hourra! « *I'm wild
and woolly and full of fleas!* »

Là le soleil est du soleil, à la bonne heure!

Le vert est du vert, et de la chaleur à en crever, et foutre, quand c'est rouge il fait rouge!

On est comme un tigre au milieu des bêtes plus faibles.

Évidemment au lieu de ce commerce ignoble,

Il vaudrait mieux entrer le sabre au poing épouvantablement

Dans les vieilles villes toutes fondantes de chair humaine,

Résolu de revenir avec quatre tonneaux pour sa part tout remplis de bijoux avec par-ci par-là quelques oreilles d'infidèles et doigts coupés de dames et demoiselles,

Ou de périr avec honneur au milieu de ses compagnons!

Cela vaudrait mieux que de transpirer en pyjama devant son *ledger!*

YSÉ

Et vous me garderez les perles!

AMALRIC

Ça ne fait rien! espérez seulement que je trouve de la main-d'œuvre pour ma plantation de caoutchouc!

Les temps n'y changent rien, c'est toujours le même soleil,

C'est toujours mon Indien, cultivé par les deux moussons, le vieux païen cuisant!

Le dixième degré pour un marin à l'endroit qu'il coupe le soixantième,

Cela veut dire autant que la Belgique et le Labrador et la vingt-cinquième rue de New York, qui est une belle rue.

Et bien plus! La terre, c'est bête, c'est solide, mais ce pays d'eau, l'homme de la barre sent bien ses façons comment il bouge!

Ça reste la même chose toujours. Dites, est-ce
que vous savez où nous sommes? est-ce que vous
comprenez les conditions du commerce?

Écoutez, je vais vous faire de l'économie politique.

MESA

Vous êtes ivre, Amalric.

DE CIZ

Jamais autant qu'il en a l'air. C'est un vrai « voya-
geur ». Regardez son petit œil qui cligne.

AMALRIC

A gauche, Babylone, et tout le bazar, les fleuves
qui descendent de l'Arménie,

A droite l'Équateur, l'Afrique,

Eh bien, vous voyez tout de suite le commerce?
Les gros boutres à la mousson du Nord, cinglant
de Saba, cinglant des ports de Salomon,

Cinglant de Mascate et d'Inde, cinglant de la bouche
des Deux-Fleuves,

Pleins de fer, pleins de tissus, et ce qu'il faut de
chaînes et de menottes pour en avoir assez,

Vers la Cimbébasie et les villes Ovales!

Et revenant à la mousson du Sud avec une pleine
pochée de la chair de Cham,

Nègres, négresses, négrillons, criant, mangeant,
dansant, chantant, pleurant, pissant!

Et parfois au matin les fesses noires de la grosse
barque immobile

Au milieu des plumes de poulet et des peaux de
bananes sur la mer qui crache des poissons-volants!

Voilà ce qui serait commode pour le caoutchouc!

MESA

Voilà le soleil qui se couche! Voilà la mer qui est

comme un paon, et comme Lakshmi qui est bleue
dans le milieu d'un prisme vert!

YSÉ

Ah, nous avons passé Suez pour de bon!

MESA

Nous ne le passerons plus jamais.
Vous avez raison, voici le plus vieux lieu de la mer!
voici le plus riche réservoir,
    La plus grande cuve de teinture, le profond vitre,
    La plus puissante poche à vin sur qui se lève la
lune d'ocre claire et le soleil écarlate!
    Mais regardez cela maintenant que le soleil
s'abaisse! C'est des roses!
    C'est pur comme un cou de petite fille! c'est doux
comme un femme! c'est luisant comme l'émail!
c'est fin comme ces vieux cachemires qui coiffent
les docteurs-de-la-loi!
    Ah, il est indigne de souiller un sein si beau! et de
troubler avec notre Marie-salope ces eaux sacrées
toutes pleines du frai des dieux!

YSÉ, *à demi-voix.*

Voilà le soleil qui se couche, voilà un petit air
de vent qui se lève!

Pause.

MESA, *à demi-voix.*

Voici le soleil qui se couche,
Voici la mer qui fait un mouvement,
Voici le cœur coupable un moment
    Qui frémit sous le soupir du ciel. Voici la mer tout
en or,
    Comme un œil vers la lampe. *(Récitant :)* « Ses
yeux ont une autre couleur. La mer change de couleur

comme les yeux d'une femme que l'on saisit entre
ses bras. »
   Une très juste comparaison. Si délicate que soit la
chair, par exemple près de la saignée du bras,
   Avec ce mélange de tous les tons, depuis le soufre
jusqu'à l'azur et au vermillon,
   Elle ne s'empare point comme l'œil de la lumière,
ses eaux comme d'une autre source.

Cloche du dîner.

DE CIZ

Voilà la cloche. Il est temps d'aller nous habiller
pour le dîner.

AMALRIC

Une femme! Voilà une citation que je n'aurais pas
attendue
   Du Mesa de mon premier voyage. Eh, eh! il a
passé Suez, lui aussi!
   Eh, Mesa! c'est notre âge! Voilà l'âge où il convient
de réaliser!

MESA

Impossibilité de l'arrêt en aucun lieu.

DE CIZ

Allons dîner.

Ils se lèvent tous.

AMALRIC, *le dernier, déclamant.*

« La mer comme les yeux d'une femme qui a
compris! La mer comme les yeux d'une femme que
l'on saisit entre ses bras! »

ACTE II

Hong-Kong. Le cimetière plein d'arbres touffus de Happy Valley. De là, on découvre plusieurs routes, un champ de courses, une usine, un petit port, la mer, et, derrière, la côte de Chine.

Une sombre après-midi d'Avril. Un lourd ciel orageux.

MESA

C'est bien ici.

Il lit l'inscription d'une tombe.

C'est le nom, Smith. C'était un tout jeune homme. Voilà l'arbre.

Il le considère, comme s'il ne le voyait pas.

C'est ici
Qu'elle m'a dit de l'attendre.
Chez Smith : comme on vous enjoint de vous trouver à cinq heures chez le pâtissier.
Drôle de promenade que ce pourrissoir d'hérétiques! Je hais ces cimetières européens. Me voici parmi ces damnés.

Il regarde.

Jolie vue qu'on leur a ménagée : un champ de courses, la route avec tous les peuples qui y passent,

Toute la vie! une fabrique fumante, le port avec ses navires, et la terre des Vivants de l'autre côté.

— Je frissonne. J'ai dans la bouche le goût de mon estomac.

Je ne suis pas mort, mais je suis joliment vivant.

— Comme j'aime ces tombes chinoises à fleur de sol dans la bonne terre chaude, sèche comme de la chaux!

Mais nous les *Yang jen*, hommes et femmes,
Vlan! on nous flanque n'importe où, dans une tombe molle,

Le vieillard rouge, et le jeune homme qui jouait si bien au tennis, et la pauvre jeune fille avec ses bas de soie rose!

Et si le cercueil flotte, on vous le cale à bloc avec une gueuse de plomb.

C'est cela qui vous fait resuer votre whisky.

— Quelle est cette flamme à travers les branches? On voit des lampes allumées.

C'est le cimetière des Parsis.

Il se promène, lisant les inscriptions des tombes.

A LA MÉMOIRE DES SOLDATS
DU RÉGIMENT DE MARINE TUÉS
A L'ASSAUT DES FORTS DE
BOCCATIGRIS
Plumkett,   enseigne   de   vaisseau.

Il reste vacant, puis revient à lui-même par un effort.

Hum, Plumkett... — « Mary Bensusan, décédée à l'âge de six mois.

— Woods ». — Tiens, le vieux Cocky. — « Jones, Q. C. — Baxter, agent d'assurances ».

— Le Bottin de Josaphat. — « Cohn, courtier de change. — *Donec immutatio mea veniat.* »

— Comme je vois bien tout cela! le marin de 1859 tué d'une balle de gingal ou de la vérole cantonaise,

Le vieux célibataire qui s'en va du *delirium tremens* ou du sproh,

Regretté de tous ses amis, et les pauvres petits
enfants
Qui crèvent dans la touffeur de juillet comme un
poisson asphyxié dans un vase dont on a oublié de
changer l'eau.
Point de bénédiction sur tout cela. Pauvres gens
soustraits à la terre natale.

Il regarde.

Quelle ombre sur la terre! Mon pas crie. Il me
semble que je parle dans une caverne.
Au-dessus de moi un ciel obstrué, éclairé à l'envers
d'un jour blafard.
Je suis atteint dans mon conseil, je suis frappé
d'insensibilité.
Plus rien que ce mal en moi au lieu de mon âme.
Au moins cela est à moi.
(Récitant :) « Au moins je souffre, au moins je suis
très malheureux. »
Ces élancements au cœur, cette douceur amère,
empoisonnante!
Il n'y a rien à faire. Je suis atteint de paralysie.
Mon âme en moi comme une pièce d'or entre les
mains d'un joueur!

Il s'éloigne.
Entrent de Ciz, Ysé.

DE CIZ

Ma chère, je vous demande pardon, il faut que
je vous quitte ici.
Dites
Que je ne sais pas me débrouiller? Voilà combien de
jours que nous sommes ici? Et il me semble que voilà
une affaire qui marche proprement.
Laissez-moi faire seulement! Mais vous êtes tou-
jours à douter de moi.
J'ai à voir mon ami Ah Fat,
Là-bas, au port des jonques. Je dîne avec lui ce soir.
Les derniers arrangements à prendre. Je pars pour
Swatow.

YSÉ

Ce n'est pas dangereux?

DE CIZ

Je ne pense pas. Je n'en sais rien. Pourquoi me
demandes-tu cela? Penses-tu donc que j'aie peur?
Une honnête petite affaire de « bonté-sincérité ».
      *Il écrit les caractères chinois dans l'air avec
le doigt.*

YSÉ

Comme tu apprends vite les langues!

DE CIZ

Je sais déjà bien des caractères J'ai collectionné
des cachets dans le temps.

YSÉ

Je sais que tu es intelligent,
Ciz. Tu pourrais faire comme un autre si tu voulais. Pourquoi est-ce que tu deviens tout d'un coup
comme un enfant?

DE CIZ

Tu verras si je suis un enfant!
De braves coulis de Pinang ou de Singapour dont
on rapatrie les cercueils.
S'il y avait dedans de l'opium ou des fusils,
Ce serait un choc pour moi que de l'apprendre.
Vous savez qu'ils sont en train de mettre une gen-
tille petite république sur pied là-bas? c'est amusant,
La Constitution des États-Unis, sanctionnée par
les Trois-Génies-de-la-Bannière-Céleste, avec levée de
quelques contributions indirectes.

Que dirait notre oncle le marquis, s'il savait que
j'aide à fonder une république?
Que veux-tu, ma chère, il faut vivre. Quel métier
pour un homme bien élevé! — Que penses-tu de
l'affaire?

YSÉ

Pourquoi me parles-tu de cela? Que veux-tu que
je sache? Et tous ces jaunes me dégoûtent.
Pourquoi ne pas garder une telle affaire pour toi
seul? C'est une souffrance pour toi
Qu'il y ait des gens à ne pas être de ton avis.

DE CIZ

Ce n'est pas ce que j'ai dit à Mesa l'autre soir
Qui a pu lui donner l'éveil.

YSÉ

Crois-le.

DE CIZ

Cela ne fait rien. C'est notre ami.

YSÉ

Usons-en donc!

DE CIZ

Que tu es brutale! Je n'ai pu m'habituer à toi
encore.
Cette manie d'insister, d'exagérer! Il faut être
léger, dans la vie!
J'aime ce garçon; je suis heureux qu'il puisse me
rendre service.
Et d'ailleurs il n'a rien à voir dans tout ça.

YSÉ

Et quand dites-vous que vous revenez?

DE CIZ

Dans un mois.
Je crois. Je ne sais pas au juste.

YSÉ

Vous ne savez rien au juste.

DE CIZ

On est très bien à cet hôtel, vous êtes habituée
aux hôtels.

YSÉ, *les yeux baissés*.

Ne partez pas.

DE CIZ

Mais je vous le dis, il le faut, **il le faut** absolument!

YSÉ

Ami, ne partez pas.

Pause.

DE CIZ

Il le faut, il le faut, Ysé.

YSÉ

Ne me laissez pas seule.

DE CIZ

Il n'y a aucun danger.

YSÉ

Il ne faut pas me laisser seule ici.

DE CIZ

Il faut être raisonnable.

YSÉ

Je ne suis qu'une femme, j'ai peur. Quel que vous
soyez, après tout,
C'est vous qui avez garde de moi. J'ai peur! Je le
sais, il y a des choses terribles qui m'attendent.
J'ai peur de ce pays que je ne connais pas,
Où vous me laissez seule, à peine arrivée,
Tout étourdie encore et flottante du bateau à
peine quitté.

DE CIZ

Quoi! C'est Ysé qui me dit qu'elle a peur?

YSÉ

Emmenez-moi avec vous!

DE CIZ

Vous ne pouvez laisser vos enfants.

YSÉ

Vous avez bien souci de vos enfants, mais non
pas de moi aucunement!

DE CIZ

Mais, Ysé!

YSÉ

Une seconde fois je vous prie de ne point me quitter et me laisser seule.

Vous me reprochiez d'être fière, de ne jamais vouloir rien dire et demander. Soyez donc satisfait. Vous me voyez humiliée.

Ne me quittez point. Ne me laissez point seule.

DE CIZ

Ainsi

Il nous faut bien avouer à la fin que l'on a besoin tout de même de son mari!

C'est notre fière Ysé

Qui demande comme un petit enfant qu'on ne la laisse point seule!

YSÉ

Ne soyez pas trop sûr de moi.

DE CIZ

Tu es à moi, que tu le veuilles ou non.

Est-ce que tu voulais m'épouser! Et cependant bon gré mal gré,

C'est moi qui t'ai prise et gagnée, quand d'autres ne l'avaient pu.

YSÉ

Ne me méprisez pas trop. Ne soyez pas trop sûr de moi,

Comme d'une femme que l'on gagne avec des caresses.

Ne suis-je pas restée dix ans avec vous? Dix ans je
vous ai considéré
De face, et de dos, et de profil, et de dessous, et de
dessus, et voici que je me suis fait un jugement.
N'avez-vous pas eu de moi votre compte et votre
content? n'avez-vous pas eu tous vos enfants avec
moi?
Et vous, est-ce que vous me connaissez? est-ce que
vous savez qui je suis? Un homme,
Ça ne connaît pas plus sa femme que sa mère.
Dix ans! Maintenant, j'ai trente ans, et ma jeunesse
est passée, et ce que je pouvais vous donner,
Je l'ai tout donné. Ne me laissez donc point seule,
Alors qu'il y a quelque chose qui vient de finir. Ne
sois pas absent.

DE CIZ

Je vous connais mieux que moi-même.
Cette fière Ysé! Avec moi! Je vous connais trop
Pour penser que vous vouliez jamais vous donner
aucun tort avec moi.

YSÉ

Je ne sais; je sens en moi une tentation.
Je ne suis plus cette jeune fille que vous avez prise.
Vous ne m'avez pas ménagée; je ne suis pas intacte.
Croyez-vous que je ne serve qu'à faire des enfants?
est-ce que c'est pour rien que je suis belle?
Qui m'aura, j'aurais voulu empêcher
Qu'il eût rien d'autre. Moi, je suis bien à lui; est-ce
que ce n'est pas assez?
Il y a une certaine totalité de moi-même
Que je n'ai pas fournie; il y a une certaine mort
Que je saurais lui donner; et est-ce que je ne suis pas
belle? Mais vous, vous n'êtes pas sérieux.
Comprenez de quelle race je suis! Parce qu'une
chose est mauvaise,
Parce qu'elle est folle, parce qu'elle est la ruine et la
mort et la perdition de moi et de tous,

Est-ce que ce n'est pas une tentation à quoi je puis
à peine tenir? Bientôt je ne serai plus belle. Au lieu de
vieillir

Ennuyeusement jour à jour, ne pas vieillir! est-ce
pas mieux

Tout, d'un seul coup, le donner,

Le lui donner, le lui planter entre les mains dans un
éclat de rire, dans une générosité triomphale,

Pendant que je suis jeune et splendide, et périr avec
celui que je fais périr,

Comme ont péri mes aïeux, dans le temps d'un
coup de trompette, dans l'éclair de l'épée qui tue!

Et je prie que cette tentation ne me vienne pas,
car il ne le faut pas et cela ne serait pas noble et juste,

Et toute noblesse est de souffrir et de résister.

DE CIZ

Est-ce que tu as souffert avec moi? Quelle est
cette chose,

Jamais, si j'ai pu te la donner, dont je t'aie fait
défense?

YSÉ

Plût au ciel que tu me défendisses quelque chose,
et que tu me défendisses moi-même!

Après tout, je suis une femme, ce n'est pas si
compliqué. Que lui faut-il

Que sécurité comme la mouche-à-miel active dans
la ruche bien fermée?

Et non pas une liberté épouvantable? Ne m'étais-je
pas donnée?

Et je voulais penser que je serais maintenant bien
tranquille,

Que j'étais garantie, qu'il y aurait toujours quelqu'un avec moi

Pour me conduire, un homme quelque idée que
j'aie, quelqu'un

Qui saurait bien toujours être plus fort que moi.

Et qu'importe que tu me fasses mal pourvu que
je sente
Que tu me serres et que je te sers.
Mais toi, qui te connaît, qui aura foi, qui trouvera
en toi
De quoi comprendre et se dévouer? Tu fuis, tu n'es
pas là. Tu es comme un enfant faible et tendre,
Capricieux, caché, plein de mensonges et l'on ne
peut rien voir dans tes yeux.
N'achève pas de partir! ne sois pas absent dans le
milieu de ma vie!

DE CIZ

Et tout cela pour une absence de quelques jours!

YSÉ

Si
C'est l'heure où toute séparation suffit?
C'est chose étroite qu'un couteau et le fruit qu'il
tranche, on n'en rejoindra pas les parts.
Qui sait
Si je ne vais pas mourir par exemple dès que tu
seras parti? J'ai peur de mourir.
Pourquoi m'as-tu amenée ici. Regarde ce triste
lieu!

Elle regarde autour d'elle avec horreur.

DE CIZ

Mais c'est vous qui aviez trouvé cet endroit joli.

YSÉ

Il est affreux de mourir et d'être morte.

DE CIZ

Mais il ne s'agit pas de mourir. Il n'y a aucun
danger. Bientôt je suis de retour.

Bientôt nous aurons de l'argent et nous retourne-rons en France.

Je vois que vous m'aimez. Je le sais, mon cœur. Je le sais, *bonita!*

YSÉ

Et vous tenez à partir?

DE CIZ

Il le faut. Ah Fat m'a prêté de l'argent.

YSÉ

Partez en ce cas. Il n'y a rien à dire. C'est bien.

DE CIZ

Vous ne m'en voulez aucunement?

YSÉ

Non.

Pause.

DE CIZ

Ysé! J'ai réfléchi à ce que vous me conseillez. Il y a du vrai.

Ces deux choses que nous offre notre ami Mesa...

YSÉ

Eh bien?

DE CIZ

Rester ici, la position n'est pas brillante.

YSÉ

Mais elle est sûre.

DE CIZ

Sûre, sûre! vous n'avez que ce mot à la bouche!
Tu m'as toujours méconnu! Moi, il me faut de
l'initiative.
Il me faut de l'argent à gagner.
Crois-tu que les risques me font peur?
Il est vrai que je ne pourrai pas t'amener avec moi
dans le pays shan.

YSÉ

C'est pourquoi il ne faut pas y aller.

DE CIZ

C'est dommage. C'est quelques années à passer.
Ma position était faite et moi j'étais fait pour.

YSÉ

Comment être de ton avis, tu ne cesses d'en
changer.

DE CIZ

Il ne faut pas être dure. Bientôt je ne serai plus
avec toi.
Adieu, mon cœur.

YSÉ

Adieu, Ciz. Tu n'étais pas un méchant homme.

DE CIZ

Point de larmes, mon cœur. Adieu, *bonita!*

Je ne vous laisse point seule. Je suis heureux que Mesa soit avec vous.

> *Il lui baise la main et s'en va.*
> *Ysé le suit longuement des yeux qui s'éloigne.*
> *Et, après qu'il a disparu, elle reste immobile à la même place.*

YSÉ, *regardant d'un autre côté.*

Je ne le vois point. Je ne vais point l'attendre. Je pense qu'il ne sera point venu.

> *Elle reste immobile, les yeux à terre.*
> *Entre, derrière elle, Mesa.*

MESA, *à mi-voix.*

C'est moi.

> *Elle se tourne lentement vers lui et lui tend la main. Ils se regardent avec gêne.*

YSÉ

Mon mari vient de me quitter.

MESA

Comment allez-vous?

YSÉ

O moi, cela va toujours! Rien ne m'empêche de manger.

> *Elle rit aux éclats.*

C'est comme un bon soldat qui va se battre! C'est curieux, je n'ai pas encore fait mon pied à la terre.

On s'en va de côté, je penche, je penche! Et puis l'on donne un coup comme quand on ne veut pas dormir.

Vous ne trouvez pas? On ne se sent jamais bien
debout à la mer. Et d'abord rien n'est droit. On ne
se tient pas,
On se retient comme sur un sol qui respire.

MESA

Vous lui avez parlé?

YSÉ

Je l'ai prié de ne point partir, de ne point me laisser seule ici. Il ne veut pas m'écouter.

MESA

Moi aussi, j'ai fait ce que j'ai pu. Comment vous
laisse-t-il ainsi?
Je lui ai fait des propositions. Il aime mieux ses
manigances. Il jouit, il se figure qu'il me trompe.
Et vous entendez ces rumeurs de tous côtés?

YSÉ

Est-ce qu'il y a quelque chose pour de bon?

MESA

Non... Euh... qui connaît la Chine?
Deux ans encore peut-être, trois ans, quatre ans,
encore...
— Quand dites-vous qu'il part?

YSÉ

Demain.

MESA

Combien de temps reste-t-il absent?

YSÉ

Un mois.

Il faut me laisser seule. Il ne faut point venir me
voir.

> *Ils demeurent en silence sans se regarder. Puis
> soudain Ysé relève la tête et lui ouvre les bras.
> Il l'étreint en sanglotant, la tête contre son flanc.*

Pauvre Mesa!

> *Elle lui caresse la tête.*

MESA

Ysé!

YSÉ

Pauvre enfant! Mesa! Pauvre Mesa!

MESA

Tout est fini.

> *Il se relève et demeure vacillant comme un
> homme ivre.*

YSÉ, *le regardant en face.*

Viens!

Viens et ne demeure pas séparé de moi plus longtemps.

> *Ils s'étreignent, Ysé demeurant immobile et
> passive. Arrêt.*

MESA

O Ysé!

YSÉ

C'est moi, Mesa, me voici.

MESA

O femme entre mes bras!

YSÉ

Tu sais ce que c'est qu'une femme à présent?

MESA

Je te tiens, je t'ai trouvée.

YSÉ

Je suis à toi,
Je ne me recule pas, je te laisse faire ce que tu
veux.

MESA

O Ysé, c'est une chose défendue.

YSÉ

Est-il vrai? comme tu me serres à m'étouffer!
Pauvre Ysé! je ne la croyais pas si défendue!

MESA

O Ysé, le bateau qui nous a amenés quand nous
l'avons vu partir, disparu dans sa propre fumée!

YSÉ

Ce n'est pas un bateau que ,tu tiens, c'est une
femme vivant entre tes bras.

MESA

O Ysé, ne me laisse pas revenir!

YSÉ

Je cède, je suis à vous.

MESA

C'en est trop!

YSÉ

Et à moi il faut me céder aussi?

MESA

C'en est trop!

YSÉ

Est-ce assez? ou y a-t-il plus que tu veux me demander encore?

MESA

Ainsi donc
Je vous ai saisie! et je tiens votre corps même
Entre mes bras et vous ne me faites point de résistance, et j'entends dans mes entrailles votre cœur qui bat!
Il est vrai que vous n'êtes qu'une femme, mais moi je ne suis qu'un homme,
Et voici que je n'en puis plus et que je suis comme un affamé qui ne peut retenir ses larmes à la vue de la nourriture!
O colonne! ô puissance de ma bien-aimée! O il est injuste que je vous aie rencontrée!
Comment est-ce qu'il faut vous appeler! Une mère,
Parce que vous êtes bonne à avoir.
Et une sœur, et je tiens votre bras rond et féminin entre mes doigts,
Et une proie, et la fumée de votre vie me monte

à la tête par le nez, et je frémis de vous sentir la
plus faible comme un gibier qui plie et que l'on tient
par la nuque!

O je m'en vais et je n'en puis plus, et tu es entre
mes bras comme quelqu'un de replié.

Et dans la pression de mes mains comme quelqu'un qui dort. Dis, puissance comme de quelqu'un
qui dort,

Si tu es celle que j'aime,

O je n'en puis plus, et c'en est trop, et il ne fallait
pas que je te rencontre, et tu m'aimes donc, et tu
es à moi, et mon pauvre cœur cède et crève!

YSÉ

Tu me tiens donc et bien que ma chair tressaille

Je ne me retire point, et je reste comme assourdie,
et la voilà donc, celle que tu trouvais si fière et si
méchante!

Tu ne sais pas ce que c'est qu'une femme et
combien merveilleusement, avec toutes ces manières
qu'elle a,

Il lui est facile de céder et tout à coup de se trouver abjecte et soumise et attendante;

Et pesante, et gourde, et interdite entre la main
de son ennemi, et incapable de remuer aucun
doigt.

O mon Mesa, tu n'es plus un homme seulement,
mais tu es à moi qui suis une femme,

Et je suis un homme en toi, et tu es une femme
avec moi, et je cueille ton cœur sans que tu saches
comment.

Et je l'ai pris, et je l'arrange avec moi pour toujours entre mes deux seins!

Et il ne faut pas que je puisse comprendre mon
Mesa, et il ne faut pas m'appeler

Par des mots que les autres savent, comme « ma
colombe », tantôt

(Bien que ce soit doux), et « ma bien-aimée » que
tu n'as pas dit,

(Et « laide », et « bête », et « vilaine », ce serait plus doux encore),
Mais par de tels mots si drôles, comme il y en a sans aucun bruit,
Que je ne puisse aucunement les comprendre, ou mon nom
Seulement, comme vous le dites, Ysé,
Pour qu'ils ne soient pas ailleurs que dans mon cœur,
Bien lourds comme l'enfant inconnu
Qu'on porte lorsque l'on est grosse.

MESA

Je ne vous gronderai plus, Ysé.

YSÉ

Bien vrai? Vous êtes content maintenant, professeur? Vous ne me ferez plus de réprimande?

MESA

Pauvre docteur que j'ai été!

YSÉ

Ai-je bien ou non
Profité de vos leçons, professeur? Dis, petit Mesa,
Est-ce qu'il n'est pas meilleur
De ne plus se retrouver supérieur à personne, mais ce qu'il y a de plus faible,
Un homme entre les bras d'une femme, comme une chose par terre
Qui ne peut plus tomber, rien qu'un pauvre homme à la fin entre mes bras.

MESA

Ah, je ne suis pas un homme fort! ah, qui dit que

je suis un homme fort? mais j'étais un homme de désir,

Désespérément vers le bonheur, désespérément vers le bonheur et tendu, et aimant, et profond, et descellé!

Et qui dit que tu es le bonheur? ah, tu n'es pas le bonheur! tu es cela qui est à la place du bonheur!

J'ai frémi en te reconnaissant, et toute mon âme a cédé!

Et je suis comme un homme qui s'abat sur le visage, et je t'aime, et je dis que je t'aime, et je n'en puis plus,

Et je t'épouse avec un amour impie et avec une parole condamnée,

O chère chose qui n'es pas le bonheur!

Moi, pas plus que l'arbre ou la bête sacrée leur femelle,

Je n'ai langue pour t'appeler une femme, mais seulement que tu es présente,

Comme quelqu'un qui est précédé par le sommeil, à l'instant que tout trahit!

Ainsi le travailleur d'or sous la lampe, tu arrives avec le souffle de minuit qui amène un papillon blanc.

YSÉ, *le caressant*.

Mesa n'est plus qu'un homme qui vous aime.

MESA

Un homme et qui est pris.

YSÉ

Un homme et qui est à moi.

Toute la pièce sous la main que je tiens sur ton épaule comme une grosse bête assommée.

Et moi, est-ce que je suis un homme?

Elle rit aux éclats.

MESA

Ne soyez pas une folle.

YSÉ

Réponds! est-ce que je suis un homme?

MESA

Tu es une femme.

YSÉ

Et cependant j'ai des bras et des jambes comme un autre et je puis répondre quand tu parles. Mais c'est bien meilleur et plus beau et plus gentil.
Mais dis la vérité et s'il est vrai que tu n'as jamais connu aucune femme?

MESA

Si tu veux. Cela est vrai.

YSÉ

Cela est vrai, Mesa?

MESA

Cela est vrai.

YSÉ

Je suis contente.
Contente d'être tout
Pour toi, contente d'avoir tout pour moi.
Mais quoi, montre-moi tes yeux
Qui ont la couleur des miens et ne les tiens pas ailleurs un moment!

Et cela me donne confusion et désir, de voir tes
yeux.
Et moi, regarde-moi aussi, me voici,
Et regarde chaque chose bien comme un vase que
tu viens d'acheter,
Et que tu fais reluire au soleil, et l'émail, et ce
défaut que l'on éprouve avec l'ongle,
Et la marque du fabricant.

MESA

Tu es radieuse et splendide! tu es belle comme le
jeune Apollon!
Tu es droite comme une colonne! tu es claire
comme le soleil levant!
Et où as-tu arraché sinon aux filières mêmes du
soleil d'un tour de ton cou ce grand lambeau jaune
De tes cheveux qui ont la matière d'un talent
d'or?
Tu es fraîche comme une rose sous la rosée! et tu
es comme l'arbre cassie et comme une fleur sentante!
et tu es comme un faisan, et comme l'aurore, et
comme la mer verte au matin pareille à un grand
acacia en fleurs et comme un paon dans le paradis.

YSÉ

Certes il convient que je sois belle
Pour ce présent que je t'apporte.

MESA

Une chose inestimable en effet.

YSÉ

Une chose encombrante, Mesa, une chose énorme
et difficile à loger,
Et qu'un homme sage n'acceptera point dans sa
maison!

MESA

Je ne suis pas un homme sage.

YSÉ

C'est l'amour, Mesa, et je ne l'appellerai point
une chose bonne et usagère, et l'on plaint ce fou qui
ne sait point s'en servir   .
A tempérament pour son plaisir et le bien de son
ménage comme le feu bien fait
Qui cuit la soupe et qui fond l'or sous le chalu-
meau.
Sais-tu bien ce que tu fais, Mesa?

MESA

Je ne sais que toi, Ysé.

YSÉ

D'un côté Ysé, et de cet autre,
Tout moins que je n'y suis pas.

MESA

Je te préfère, Ysé!

YSÉ

O parole comme un coup à mon flanc! ô main de
l'amour! ô déplacement de notre cœur!
O ineffable iniquité! Ah viens donc et mange-moi
comme une mangue! Tout, tout, et moi!
Il est donc vrai, Mesa, que j'existe seule et voilà le
monde répudié, et à quoi est-ce que notre amour sert
aux autres?
Et voilà le passé et l'avenir en un même temps
Renoncés, et il n'y a plus de famille, et d'enfants
et de mari et d'amis,

Et tout l'univers autour de nous
Vidé de nous comme une chose incapable de
comprendre et qui demande la raison!

MESA

Il n'y a pas de raison que toi-même.

YSÉ

Moi, je comprends, mon bien-aimé,
Et je suis comprise, et je suis la raison entre tes
bras, et je suis Ysé, ton âme!
Et que nous font les autres? mais tu es unique et
je suis unique.
Et j'entends ta voix dans mes entrailles comme
un cri qui ne peut être souffert,
Et je me lève vers toi avec difficulté comme une
chose énorme et massive et aveugle et désirante et
taciturne,
Mais ce que nous désirons, ce n'est point de créer,
mais de détruire, et que ah!
Il n'y ait plus rien d'autre que toi et moi, et en
toi que moi, et en moi que ta possession, et la rage,
et la tendresse, et de te détruire et de n'être plus
gênée
Détestablement par ces vêtements de chair, et ces
cruelles dents dans mon cœur,
Non point cruelles!
Ah, ce n'est point le bonheur que je t'apporte,
mais ta mort, et la mienne avec elle,
Mais qu'est-ce que cela me fait à moi que je te
fasse mourir,
Et moi, et tout, et tant pis! pourvu qu'à ce prix
qui est toi et moi,
Donnés, jetés, arrachés, lacérés, consumés,
Je sente ton âme, un moment qui est toute l'éter-
nité, toucher,
Prendre
La mienne comme la chaux astreint le sable en
brûlant et en sifflant!

MESA

Ysé!

YSÉ

Me voici, Mesa. Pourquoi m'appelles-tu?

MESA

Ne me sois plus étrangère!

Je le lis enfin, et j'en ai horreur, dans tes yeux le grand appel panique!

Derrière tes yeux qui me regardent la grande flamme noire de l'âme qui brûle de toutes parts comme une cité dévorée!

La sens-tu bien maintenant dans ton sein, la mort de l'amour et le feu que fait un cœur qui s'embrase?

Voici entre mes bras l'âme qui a un autre sexe et je suis son mâle.

Et je te sens sous moi passionnément qui abjure, et en moi le profond dérangement

De la création, comme la Terre

Lorsque l'écume aux lèvres elle produisait la chose aride, et que dans un rétrécissement effroyable

Elle faisait sortir sa substance et le repli des monts comme de la pâte!

Et voici une sécession dans mon cœur, et tu es Ysé, et je me retourne monstrueusement

Vers toi, et tu es Ysé!

Et tout m'est égal, et tu m'aimes, et je suis le plus fort!

YSÉ

Je suis triste, Mesa. Je suis triste, je suis pleine; Pleine d'amour. Je suis triste, je suis heureuse.

Ah, je suis bien vaincue, et toi, ne pense pas que je te laisse aller, et que je te lâche de ces deux belles mains!

Et à la fin ce n'est plus le temps de rien contraindre,
ô comme je me sens une femme entre tes bras,
Et j'ai honte et je suis heureuse.
Et tantôt regardant ton visage, au mien
Je sens comme un coup de honte et de flamme,
Et tantôt comme un torrent et un transport
De mépris pour tout et de joie éclatante
Parce que je t'ai et que tu es à moi, et je l'ai, et
je n'ai point honte!

MESA

Ysé, il n'y a plus personne au monde.

YSÉ

Personne que toi et moi. — Regarde ce lieu amer!

MESA

Ne sois point triste.

YSÉ

Regarde ce jardin maudit!

MESA

Ne sois point triste, ma femme?

YSÉ

Est-ce que je suis ta femme et ne suis-je pas la
femme d'un autre?
Ne me fais point tort de ce sacrement entre nous.
Non, ceci n'est pas un mariage
Qui unit toute chose à l'autre, mais une rupture et
le jurement mortel et la préférence de toi seul!
Et elle, la jeune fille,
La voici qui entre chez l'époux, suivie d'un fourgon

à quatre chevaux bondé, du linge, des meubles
pour toute la vie.

Mais moi, ce que je t'apporte aussi n'est pas rien!
mon nom et mon honneur,

Et le nom et la joie de cet homme que j'ai épousé,
Jurant de lui être fidèle,

Et mes pauvres enfants. Et toi,

Des choses si grandes qu'on ne peut les dire.

Je suis celle qui est interdite. Regarde-moi, Mesa,
car je suis celle qui est interdite.

MESA

Je le sais.

YSÉ

Et est-ce que je suis pour cela moins belle et
désirable?

MESA

Tu ne l'es pas moins!

YSÉ

Jure!

Et moi, je jure que tu es à moi et que je ne te
laisserai point aller et que je suis à toi,

Oui, à la face de tout, et je ne cesserai point de
t'aimer, oui, quand je serais damnée, oui, quand je
serais près de mourir!

Et qu'on me dise de ne plus t'aimer!

MESA

Ne dis point des paroles affreuses!

YSÉ

Et voici d'autres paroles :

Il faut que cet homme que l'on appelle mon mari
et que je hais
   Ne reste point ici, et que tu l'envoies ailleurs,
   Et que m'importe qu'il meure, et tant mieux
parce que nous serons l'un à l'autre.

MESA

Mais cela ne serait pas bien.

YSÉ

Bien? Et qu'est-ce qui est bien ou mal que ce
qui nous empêche ou nous permet de nous aimer?

MESA

Je crois que lui-même
Désire aller dans ce pays dont je lui ai parlé.

YSÉ

Il te demandera de rester ici
   Mais il ne faut pas le lui permettre et il sera bien
forcé de faire ce que tu veux
   Et il faut l'envoyer ailleurs, que je ne le voie plus!
   Et qu'il meure s'il veut! Tant mieux s'il meurt!
Je ne connais plus cet homme!
   Le voici.

Entre de Ciz.

DE CIZ

Bonjour.

Les deux hommes se prennent la main.

YSÉ

Mesa, voici mon mari qui a à voir par ici pour
ses affaires

Qui ne vous regardent pas.

Et, Ciz, voici Monsieur le Commissaire des Douanes, regardez-le bien,

Qui se méfie et tient un œil sur vous, on ne peut pas lui en faire accroire.

Il m'ennuie; puisque vous êtes là, gardez-le, je m'en vais.

Je vais voir mon *grass cloth,* le bleu et blanc, vous savez? l'adresse que vous m'avez donnée, Mesa, le gros Cantonais,

Ah Fat, — ah, mon Dieu! c'est Ah Toung que je veux dire.

Adieu, Ciz.

DE CIZ

Adieu.

> *Il veut lui donner la main, mais elle lui tend la joue et il l'embrasse.*

YSÉ

Adieu, Mesa.

> *Elle lui donne la main.*

Il faut venir me voir, pendant que mon mari est parti. Je suis veuve!

> *Elle sort.*

MESA

Comment vont les affaires, Ciz?

DE CIZ

Doucement. Drôle de pays. Tout vient autrement qu'on ne le croit.

MESA

Et est-il vrai que vous connaissez cet Ah Fat?

DE CIZ

Je ne le connais point.

MESA

Je vous en loue. Il n'y a rien à gagner avec les Chinois. Vous vous en apercevrez.
L'on me dit que vous partez. Où allez-vous?

DE CIZ

Demain... peut-être — je ne sais au juste. Je vais à Manille.

MESA

Eh bien, je vous conduirai au bateau.

DE CIZ

N'en faites rien! Je vous en prie! On part de bonne heure.

MESA

Et avez-vous réfléchi à ce que je vous ai dit l'autre jour?

DE CIZ

J'y ai pensé.

MESA

Et qu'avez-vous décidé, car il faut que je le sache.

DE CIZ

Eh bien, c'est ma femme qui le veut; je ne puis la laisser ainsi.

Évidemment ce n'est pas brillant, mais c'est régu-
lier; je crois
Que j'accepterai cette proposition que vous m'avez
faite
Si aimablement, cette place.

MESA

C'est ferme?

DE CIZ

C'est ferme.

MESA

Je vais donc m'en occuper. Je crois que vous
avez pris le bon parti.

DE CIZ

Je l'espère. Moi, ce n'est pas ce que je rêvais!

MESA

Je le sais, vous êtes un poëte, un homme d'imagi-
nation! Mais vous avez charge de famille :
Il faut voir le positif et le sûr.

DE CIZ

C'est ce que je m'entends dire tout le jour.

MESA

Il me faut quelqu'un maintenant pour le chemin
de fer. Du courage, voilà ce qu'on demande, du
sens, de l'initiative.
Quelqu'un dans le genre d'Amalric. Avez-vous
de ses nouvelles?

DE CIZ

Je crois qu'il a rejoint sa plantation.

MESA

Voilà un homme!

DE CIZ

C'est un hâbleur brutal.

MESA

Vous avez d'autres qualités. Vous êtes souple
et fin. Vous auriez fait avec les indigènes.
C'est pour cela que j'avais pensé à vous.

DE CIZ

Et quelle est cette place que vous me proposez
aux Douanes?

MESA

Ah,
Là il ne s'agit point d'hommes à conduire, d'une
œuvre à faire.
Il ne faut qu'être ponctuel.
Si encore on pratiquait soi-même,
Usant de la longue aiguille ou de force à grands
coups de maillet
Vous faisant sauter une planche, ou prélevant avec
la pipette l'échantillon,
C'est un métier de connaisseur d'hommes, au plus
serré de qui la bourse,
Mais l'employé agencé à une table exerce triste-
ment son fisc.
Mais il ne s'agit pas de votre goût,
Mais de votre pain à gagner et des vôtres.

DE CIZ

Je ne suis pas une machine! Si cette mission réussit, ma vie est faite.

MESA

Il ne faut plus y penser.

DE CIZ

Laissez-moi le temps de réfléchir encore.

MESA

Non, Ciz, croyez-moi,
Le pays est mauvais, les pirates, la misère, la fièvre des bois.
Moi, je n'hésiterais pas, mais je ne suis pas marié. Madame de Ciz
M'a recommandé de ne pas vous laisser partir.
Pourtant ce n'est qu'un an ou deux à passer.

DE CIZ

Ma femme n'a rien à voir là et je sais ce que j'ai à faire.
Mesa, je suis votre homme, je partirai.

MESA

Donnez-vous le temps de réfléchir.

DE CIZ

C'est tout réfléchi. Je ne change point d'avis aisément.

MESA

C'est donc vous seul qui le voulez. Vous partez contre mon sens et mon conseil.

DE CIZ

C'est entendu, Mesa, je vous donne quittance.

MESA

Qu'il en soit donc ce que vous voulez.

DE CIZ

Ah, vous êtes un ami pour moi!

MESA

Un sincère ami.

DE CIZ

Un bon, un sincère ami!

MESA

Vous n'en trouverez pas un pareil.

Ils sortent.

ACTE III

L'action est dans un port du Sud de la Chine, au moment d'une insurrection.

Maison construite dans l'ancien style « colonial » du temps des « princes-marchands »; une vaste pièce au premier étage. Elle est tout entourée de larges vérandas. Au-dehors d'énormes banyans; à leurs branches pendent des paquets de racines pareilles à de longues chevelures noires.

Traces d'un siège qui vient d'être soutenu, sacs de terre, fenêtres obstruées avec des matelas. Cependant, comme s'il ne valait plus la peine de se défendre, on a débouché plusieurs baies de côtés différents. D'une part, on aperçoit les deux bras d'un fleuve couvert de bateaux, et, derrière, entourée de sa muraille crénelée, une immense ville chinoise avec ses portes et ses pagodes. D'autre part, vers le couchant, la rizière et de belles montagnes bleues. De temps en temps on entend des batteries de gongs et des détonations de pétards et d'armes à feu, et par bouffées la musique d'un théâtre au loin avec les cris sauvages des acteurs.

Le soleil se couche. De longs rayons rouges passant à travers le mur de feuilles des banyans traversent la pièce déserte. Au milieu un grand lit de cuivre entouré de sa moustiquaire. Entre deux fenêtres une coiffeuse avec sa psyché, et de l'autre côté une armoire à glace. Affaires de femmes : une lampe à esprit de vin, des robes suspendues. Et çà et là des choses d'homme, de gros souliers, une pipe, et sur une table un fusil de guerre avec les culots de cuivre des cartouches tirées épars.

On entend un moment dans la pièce voisine de faibles cris d'enfant qui s'apaisent. Entre Ysé vêtue d'un large peignoir de laine blanche, les cheveux en une longue tresse sur le dos. Elle arrive devant la psyché et se regarde de face et de profil, et les dents, écartant ses lèvres avec le petit doigt. Puis elle s'assied et se polit méditativement les ongles.
Bruit de pas. Entre Amalric.
Elle se tourne à demi vers lui sans le regarder et lui tend les bras. Ils s'embrassent longuement, et comme il veut se relever elle le retient violemment. Il pousse une exclamation.

AMALRIC

Aïe!

YSÉ

Je t'ai fait mal, mon chéri?

AMALRIC

C'est rien. Ces vieilles pétoires
Ont un recul absurde. J'ai l'épaule démanchée.
Avec cela je suis sale comme un cochon; je m'en vais prendre un bain tout à l'heure.

YSÉ

Je t'aime.

AMALRIC

Et voilà le soleil qui se couche, Ysé.

YSÉ

Cela m'est égal.

AMALRIC

Il part.
Vois-tu, c'est fini. On ne nous le ramènera plus.

YSÉ

C'était un brave soleil.
Il n'y a rien à dire. Il nous a fait bon service.
Et puis il n'y en a pas d'autre. C'est triste
De se quitter, et lui, le voilà comme une grande bête jaune
Qui allonge sa tête sur votre épaule et que l'on
caresse doucement de la joue. Adieu, mon beau soleil!
Et il est vrai que nous allons mourir, Amari?

AMALRIC

Je suis obligé d'en convenu

YSÉ

Pas le plus petit moyen d'échapper?

AMALRIC

Aucun. Nous sommes dans une trappe.
Ils nous ont ménagés jusqu'ici. Ils m'aiment dans
le fond. Ils ne sont pas méchants.
Mais maintenant que les camarades y ont passé,
C'est notre tour, il n'y a rien à faire.

YSÉ

Mais ils ne nous auront pas vivants?

AMALRIC, *clignant de l'œil.*

N'aie crainte!

YSÉ

Ah!
J'ai encore dans l'oreille ces horribles cris
Quand ils ont forcé le Club hier. Comme cela a pris
feu tout à coup! et cette femme qui a sauté du toit!
Ah! il était horrible de voir ces corps jaunes
Grouillant tous ensemble comme une galette de
vers!
Et l'on dirait qu'ils n'ont point du vrai sang,
Mais comment est-ce que tu dis? du latex, comme
tu m'expliquais pour le caoutchouc,
Le lait de ces affreuses plantes de décombres!

AMALRIC

O blanche entre les blanches! C'est drôle, moi je
les aime!
Ça vous remplit un bateau comme du blé en vrac,
c'est-à-dire que ça coule dedans, quoi! Pas de vide
avec eux!
Mon recrutement marchait fameusement. Mais
Adios! Fini, le coprah! fini, le caoutchouc! Fameuse
idée que j'ai eue de venir ici!

Il soupire.

YSÉ

Tu ne me laisseras pas prendre vivante. — Écoute.
Elle lui saisit le poignet.
*Rumeur au-dehors qui s'apaise peu à peu
et l'on n'entend plus que le théâtre chinois menant
son train.*

Écoute! c'est bien *ta! ta!* qu'ils crient? Mais oui. *Ta!
ta!* Tu entends?

AMALRIC

Ça n'est rien! ce n'est pas la peine de m'enfoncer
les ongles dans la peau.
C'est quelque missionnaire que l'on coupe en
deux,
Ou quelque bonne dame protestante que l'on est
en train de déguster.

YSÉ

Ils ne vont pas venir ici?

AMALRIC

Rien à craindre, je te dis, ils ont été trop bien reçus
l'autre jour.
Et puis il y a quelque diablerie, mon ancien boy est
venu ce dernier soir,
Je ne sais pas quel jour du renard ou du cochon.
Et demain, demain il sera trop tard! Plus personne!
Ftt! Partis, les *Yang koui tze!* envolés!

YSÉ

Tu as bien pris tes mesures?

AMALRIC

Fameuse chose que cette gélatine! tu as bien vu
l'autre jour lorsque ma mine a sauté, j'ose dire que
c'était de bel ouvrage.
Ça vous déracinera la cambuse comme un petit
volcan!
Hein, c'est beau? ça vaut mieux que de crever sur
une pelle en porcelaine.
Nous ne mourrons pas, nous disparaîtrons dans un
coup de tonnerre!
Pêle-mêle, corps et âme,
Avec le fonds de commerce et le mobilier et tout le
tremblement, nous péterons par la toiture!

Le chien, les chats, et toi, et moi, et le bâtard
avec!

Elle lui lance un regard terrible.

Ciel! quel regard! ça m'amuse de vous dire ces
petites choses.

Il vous passe alors quelque chose sur le visage
Comme la flamme d'un coup de canon que l'on
n'entend pas
Parce que c'est trop loin. Ne vous fâchez pas.

YSÉ

Je sais que tu m'aimes.

AMALRIC

Et que j'aime cet enfant aussi?

YSÉ

Je le sais.

AMALRIC

Comme si je l'avais fait. Il n'a plus d'autre père
que moi.

Je t'ai prise et je l'ai pris avec, et tu es à moi et il
est à moi et voilà la fin de l'histoire.

Quand je t'ai retrouvée encore sur le bateau : « Ah
non, ai-je dit,

« Assez de plaisanteries cette fois! Voilà encore
qu'elle me revient sous le nez!

« Il faut en finir. » Jamais je ne vous ai vue plus
jolie.

Tant pis! tu n'avais pas qu'à être la plus faible.

Oui, oui, malgré tes regards de tigresse, tu sais que
je suis le plus fort, comme cela est écrit.

Je ne t'ai point demandé ton avis. Cette fière Ysé!

Avec ses chapeaux, et sa chaise longue, et ses
éclats de rire, et ses airs de reine,

On l'a prise tout de même, et la voilà qui suit, bien
soumise et bien fidèle,
Avec un grand diable d'homme qui marche le
premier.
Et le mari, il n'y en a plus, et les enfants, c'est
comme des petits chats morts, et le dernier amant,
Comme un fruit que l'on a fini de manger, et l'on
s'essuie la bouche, il y reste encore comme un petit
goût,
Et les doigts dans le *finger bowl* où il y a un petit
bout de citron.

YSÉ

Tu sais que ce n'est pas vrai! Tu sais que je ne
suis pas si mauvaise! Tu sais que j'aime mes enfants!
Tu sais que je pensais les avoir! Tu disais que je
pourrais les reprendre!

AMALRIC

Ciel! que de choses j'ai dites que je ne savais pas!

YSÉ

Et me voici avec toi!

AMALRIC

Pauvre Ysé! C'est malheureux d'être une pauvre
femme!

> *Il se lève et la baise sur la tempe.*

Fais-moi du thé.

> *Il se dirige vers la fenêtre, et, cependant qu'Ysé
> s'occupe à préparer le thé, il regarde, la main
> au-dessus de ses yeux.*

Rien que la rizière qui verdoie et que la rivière
qui flamboie.

Voici la marée de la nuit qui monte.

Il se retourne et l'aperçoit qui sanglote près de la bouilloire, la tête entre ses bras.

Qu'est-ce qu'il y a, mon pigeon?

YSÉ

O Amalric, que tu es dur! O Dieu, Dieu! ô ciel, que c'est dur!

AMALRIC

Ne pleure point, petit enfant.

Elle lui prend la main qu'elle applique sur son front. Elle s'apaise peu à peu. Pause.

Voilà l'eau qui va déborder.

Elle se lève, met le thé dans la théière, verse l'eau.

(*Assis, la regardant.*) Quelle bonne femme d'intérieur tu aurais faite!

YSÉ

N'est-ce pas, mon chéri! J'étais faite pour vivre tranquille et bien défendue
Comme toutes les femmes. Tu vois que je suis une bonne femme pour toi.

AMALRIC

Cela est vrai, Ysé.

YSÉ

Ah, c'est bien bon de penser que nous allons mourir et que personne ne peut plus entrer et que tout est fermé sur nous!
Il n'y a plus personne pour m'injurier et me faire honte.

O tout ce que j'ai fait! Est-ce moi ou est-ce une
autre?
Mon mari, trompé, quitté, mes enfants, mes pauvres
enfants,
Je les laisse, je ne sais pas même où ils sont, et ce
misérable homme que j'aimais
Et qui m'aimait plus que sa vie, à peine quitté,
je le trahis, je me livre à toi
Avec son enfant que je portais dans mon sein.

AMALRIC

Le fait est que Mesa a dû être surpris.

YSÉ

Il sait tout maintenant. O quelle honte! O ces
dernières lettres que j'ai reçues avant que le port
fût fermé!
Je ne suis qu'une pauvre femme. Qu'est-ce que je
sais?
Qu'est-ce que je puis faire?
Ah, une femme comme moi, il est préférable
qu'elle meure et qu'elle ne fasse plus de mal à personne.

AMALRIC

Tu n'as mis qu'une tasse?

YSÉ

Il ne reste plus qu'une pincée de thé. Ce n'est
pas bien bon, mon pauvre chéri.
Pour moi, je n'ai plus faim ni soif. Bois, ami!
Et le lait, tu peux prendre tout ce qui reste dans la
boîte. L'enfant n'en a plus besoin.
Pour moi, j'ai faim et soif de mourir
Afin de ne plus exister et que personne ne me
méprise.

AMALRIC

Et de quoi te mépriserait-on?

YSÉ

Tu es bon, Amalric.
Je sais que je n'ai rien fait de mal. Quand je
réfléchis et que tu m'expliques,
Je vois bien que j'ai fait ce qu'il fallait et que les
choses ne pouvaient être autrement.
Et pour Mesa, je lui ai rendu service en le quittant,
comment a-t-il su ou j'étais?
Mais que veux-tu, Amari, l'on a beau se raisonner,
c'est trop!
Il y a des moments où c'est trop, et c'est trop,
et c'est trop, et c'est assez, et je n'en puis plus, et je
suis trop seule, arrachée, arrachée à ce que j'aime!
Et je suis trop malheureuse, et je suis trop punie,
et je prie de mourir, et je suis contente de mourir!

AMALRIC

Est-ce que cela est si dur, Ysé?

YSÉ

Non ce n'est pas dur, mon cœur! non, çe n'est pas
dur, mon cœur!
Non cela n'est pas dur avec toi. Je ne regrette
rien, je suis contente.
Oui, cela m'est égal, et ce que j'ai fait,
Je le ferais encore, et je n'ai plus d'enfants, et je
n'ai plus d'amis.
Et je suis en horreur à tous, et je vais mourir, et
je suis contente
Qu'il n'y ait plus rien, que toi tout seul
Pour moi, et moi toute seule avec toi,
Mon cœur! Non, mon cœur, ce n'est pas dur!
Et cependant il est terrible d'être morte.

Elle se trouble. Il lui prend la main.

Et, Amalric, est-ce que vraiment il n'y a point de
Dieu?

AMALRIC

Pour quoi faire? S'il y en avait un, je te l'aurais
dit.

YSÉ

Il n'y en a donc pas. Et je n'ai rien à me reprocher.
Et ce que j'ai fait, je le ferais encore. C'est la faute
à cet homme que j'ai épousé.
Et cependant il y a des moments où, tu sais, c'est
comme quand on sent que quelqu'un vous regarde
Sans relâche, et l'on ne peut échapper, et quoi
qu'on fasse,
Par exemple si l'on rit ou que tu m'embrasses, il
est témoin. Il nous regarde en ce moment.
Et, mon Dieu, est-ce que c'est bien digne de vous?
et qu'il y a besoin avec une femme de quelque chose
de si solennel et sérieux?
Un petit moment encore, et, patience, nous ne
serons plus là!
Oui, Amalric, dès que l'on marche, le pied sonne,
Et c'est comme quand on marche dans la nuit et
l'on ne voit pas;
Mais on entend qu'il y a un mur à droite quelque
part.

AMALRIC

Voilà le langage de Mesa. Ce sont des rêveries
absurdes.
Que ton Dieu nous regarde, pour lui il ne nous
regarde pas.
Je t'ai sauvée de ce Mesa; toi et moi,
Nous ne sommes pas des créatures de rêves, mais
de réalité.

Voilà le soleil qui se couche. Est-ce qu'un homme peut vivre sans soleil? C'est comme s'il en était partie.

Silence.

YSÉ

Il m'a écrit des lettres affreuses! Mais il est injuste avec moi.

Et pour cet enfant de lui qui est à moi

Que je portais dans mon sein, il est à moi, qu'est-ce que cela fait à un homme?

Mais je savais que je lui faisais du mal et je l'ai quitté. Oui, je me suis sacrifiée pour lui.

Et moi, il me menait je ne sais où et je veux vivre! et je t'ai rencontré sur le bateau,

Et je me suis accrochée à toi, et je pensais que tu étais la vie et que tu me sauverais et que je pourrais vivre avec toi

Sainement et honnêtement, sincèrement, raisonnablement.

AMALRIC

Eh bien! c'est drôlement la vie, que vous avez trouvée!

YSÉ

C'est aussi bien. Je suis dans la règle. D'un seul coup

Je meurs toute la vie que je t'avais donnée, avec toi!

Mais lui,

Pourquoi est-ce qu'il m'a fait partir, dès qu'il a su que j'étais prise? est-ce qu'il aurait dû me laisser un moment?

Je sais que je lui étais à charge.

Il est bien vrai qu'il me fallait partir.

— Et je lui demandais s'il était heureux, et il me regardait de son air de mauvais prêtre.

AMALRIC

Est-ce qu'il t'a aimée réellement?

YSÉ

Comme tu ne m'aimeras jamais. Et je l'aimais
Comme je ne t'aime pas, c'est le devoir qui m'at-
tache à toi, car je suis une femme loyale, et je sais
ce que j'ai fait.

Mais avec lui c'était le désespoir et le désir, et un
souffle tout à coup, et une espèce de haine, et la
chair qui se retire, et force du fond de mes entrailles
comme de l'enfant qu'on s'arrache!

Tu m'as vaincue, mais tu ne sais ce que c'est
qu'une femme qui n'est point vaincue.

Et ce désert qu'on est, et la soif, et la misère de
l'amour, et cela que l'autre soit vivant, et le moment
où l'on se regarde dans les yeux, et ce que c'est
quand on vous fourre une âme avec la vôtre!

Un an.

Un an cela dura ainsi et je sentais qu'il était captif,
Mais je ne le possédais pas, et quelque chose en
lui d'étranger

Impossible.

Qu'a-t-il donc à me reprocher? parce qu'il ne s'est
pas donné, et moi, je me suis retirée.

Et moi, je voulais vivre aussi, et revoir ce soleil
de la terre, et revivre, revivre

La vie qui est celle de tous et sortir de cet amour
qui est la mort!

Et cela est arrivé : j'accepte tout.

AMALRIC

Je t'aime, Ysé.

YSÉ

Oui.

Il la baise sur sa tête baissée.

AMALRIC

Et maintenant je m'en vais faire ma ronde et tout arranger.

Et voici cette nuit qui est encore à nous.

> *Il sort.*
> *Et Ysé fait lentement sa toilette du soir. Elle détache lentement les épingles d'argent et les peignes d'écaille et la masse des cheveux ruisselle sur ses épaules et sur le dossier de la chaise.*
>
> *Bruit au-dehors. Pas dans l'escalier. Ysé prête l'oreille et tressaille violemment. Les pas s'arrêtent derrière la porte. Ysé demeure rigide.*
>
> *La porte s'ouvre. Elle ne tourne point la tête. On voit la forme sombre d'un homme qui se reflète dans le miroir à travers le tissu vaporeux de la moustiquaire. Il demeure un moment immobile.*
>
> *Entre Mesa. Il fait quelques pas et se tient debout à quelque distance de la chaise où Ysé est assise. Elle ne fait pas un mouvement.*

MESA, *à demi-voix.*

C'est moi, Ysé. Je suis Mesa.

Silence.

C'est moi.

Long silence.

...toutes mes lettres depuis un an.

N'as-tu pas reçu toutes mes lettres depuis un an? Pourquoi ne pas m'avoir répondu,

Rien! pas un seul mot, pas une seule petite ligne!

Dis, que t'ai-je fait, ma chérie? pourquoi me faire souffrir ainsi ce que j'ai souffert?

Que t'ai-je fait, ma bien-aimée? Mais à la fin, c'est toi, et cela me suffit! C'est toi.

Et je ne demande rien, et je ne reproche rien. C'est toi, mon âme! je te vois, ma bien-aimée! c'est toi, et cela me suffit. Je t'aime, Ysé!

C'est vrai, j'ai désiré de désir que tu partisses!
j'étais faux et tu l'as deviné,

Et j'ai vu que je ne pouvais me passer de toi et
tu es mon cœur, et mon âme, et le défaut de mon
âme,

Et la chair de ma chair, et je ne puis pas être sans
Ysé,

Et je ne crois point ce que l'on m'a dit. O les
choses affreuses que l'on m'a dites! O que j'ai souffert, Ysé! Eh quoi! pas un mot de toi, cruelle!

Et je ne crois point ce que l'on m'a dit. Et je te
retrouve dans cette maison. Et je sais que tu vas
tout m'expliquer.

Pardonne ces dernières lettres affreuses, j'étais
fou!

Non, je ne le crois pas, que tu ne m'aimes plus!

Non, Ysé, je ne le crois pas! Non, non, mon cœur!
Non, mon cœur! Non, mon cœur!

Parle seulement, mon amour, et tourne-toi vers
moi, et dis-moi une parole afin que je l'entende et
que je meure de joie,

Parce que je t'avais perdue et voici que je t'ai
retrouvée!

Silence.

Que t'ai-je fait? Pourquoi me traites-tu ainsi?
Ne répondant pas, comme si je n'existais plus.

Ah! moi dans la demeure des morts je reconnaî-
trais mon unique! Ysé! Ysé!

N'entends-tu point le son de ma voix? que t'ai-je
fait, Ysé?

Qu'as-tu fait? que t'ai-je fait, cœur de fer? Parle,
qu'as-tu à me reprocher? Comment ai-je mérité

Cela? Qu'y a-t-il que je ne t'aie donné? dis la
chose que j'ai réservée!

Mon corps, mon âme,

Mon âme pour en faire ce que tu veux, mon âme
comme si elle était à moi, et tu l'as prise,

Comme si tu savais ce que c'est.

Et si je t'ai fait partir, tu sais bien qu'il le fallait.

Et toi-même, tu le disais, puisque Ciz était absent, et nous aurions tout arrangé.

Et il ne s'agissait que de quelques mois et je te rejoignais ensuite.

O ces mois où je ne savais où tu étais, pas un mot, pas un mot de toi, cruelle!

Mais maintenant je t'apprends que Ciz est mort et je puis te prendre pour ma femme.

Et nous pouvons nous aimer sans secret et sans remords.

Eh quoi! tu ne m'entends plus? Est-il vrai, Ysé? Tu ne m'aimes plus, Ysé? J'ai reçu une lettre affreuse!

Non, Ysé, je ne le crois pas! Non, mon cœur, je ne le crois pas! Non, mon âme, je ne le crois pas! Non, non, n'est-ce pas?

Ah, et puis cela ne fait rien, et j'ai tout oublié, et je ne veux rien savoir!

Mais tu es ici et tu es ma bien-aimée, et viens seulement, et je saurai bien te reprendre, et qui est-ce qui t'arrachera de mon cœur?

Lève-toi et je te sauverai, je sauverai Ysé de la mort, car tu vois que je suis venu jusqu'à toi.

Silence.

Ne me crois-tu pas? Je suis un vieux Chinois, je connais les choses secrètes.

Et j'ai un signe sur moi que tous respectent. Viens çà, prends ton enfant,

Entends-tu? Est-ce peu de chose que la vie? Viens.

C'est la vie que je t'apporte.

Silence.

Viens, je te sauverai. Et si tu ne veux plus de moi, laisse-

Moi du moins te ramener à tes enfants.

Silence.

Ainsi, cela est vrai! ainsi, ainsi, cela est vrai!

Ainsi, ainsi, cet homme,

Tu l'aimes, et moi, tu ne m'aimes plus, mais tu me hais! Tu l'aimes et couches avec lui,

Et la mort, la mort avec lui,
Tu la préfères, plutôt que la vie avec moi.
Et tu m'aimais cependant! Et quinze jours avant
quand tu es partie sur le bateau,
Je voulais te baiser la joue, et c'est toi qui toute
en larmes de force
Me pris la bouche avec la tienne. Quinze jours,
quinze jours seulement!

Silence.

Chienne! dis-moi, qu'as-tu pensé quand pour la
première fois
Tu t'es livrée, l'ayant résolu, à ce chien errant,
Avec ce fruit d'un autre dans ton sein, et que le
premier éveil de la vie de mon enfant
Se mêlait au soubresaut de la mère, toute piquée
du délice d'un double adultère?
Mon âme que je t'ai donnée, ma vie que je t'ai
communiquée,
Tu l'as prostituée à un autre, et que pensais-tu
pendant ces jours lourds que mon enfant mûrissait,
Et que tu l'apportais à cet homme, et que tu dor-
mais augmentante entre ses bras, tout emplie des
membres de mon fils?
Je t'en prie! Je sens une petite chose qui tremble!
Ne me fais pas commettre un grand crime! Tu ne
sais pas comme toi et moi
Nous sommes près de la damnation en ce moment.
Rien qu'une petite chose à faire.

*Long silence. Il approche d'elle la lampe et
l'examine.*

La même
Dis, Ysé, ce n'est plus le grand soleil de midi. Tu
te rappelles notre Océan?
Mais la lampe sépulcrale colore ta joue, et l'oreille,
et le coin de votre tempe,
Et se reflète dans vos yeux vos yeux dans le
miroir.

Il prend les cheveux dans sa main

Ce sont les mêmes cheveux, ah! j'en reconnais
l'odeur,
Lorsque j'étais enfoncé en toi jusqu'aux narines
ainsi que dans un trou profond,
Les mêmes cheveux, mais de grosses veines d'argent se mêlent à l'or.

Il souffle la lampe.

La petite lampe est éteinte. Et il est éteint en
même temps,
Ce dernier soleil de notre amour, ce grand soleil de
midi et d'août
Dans lequel nous nous disions adieu dans la
lumière dévorante, nous séparant, faisant de l'un
à l'autre désespérément
Un signe au travers de la distance élargie.
Adieu, Ysé, tu ne m'as point connu! Ce grand
trésor que je porte en moi,
Tu n'as point pu le déraciner,
Le prendre, je n'ai pas su le donner. Ce n'est pas ma
faute.
Ou si! c'est notre faute et notre châtiment. Il
fallait tout donner,
Et c'est cela que tu n'as pas pardonné.

Silence.

Et cependant je ne t'ai point aimée pour rire!
O Ysé, si tu savais comme je te portais sérieusement
dans mon cœur,
O ma bien-aimée, comme il faisait bon pour vous
dans mon cœur!
Ah, si j'avais été là, je vous aurais défendue et
personne ne vous aurait arrachée de mon cœur,
ma vie!
Et il faut endurer cela! Elle ne répond pas! Elle
est là, ô dieux, elle est ici!
Elle est là et elle n'y est point. La même, nullement
la même.
Telle une nuit je t'ai vue t'avancer vers moi de ce
pas fier et léger avec un sourire plein de mystère.

Disant : « C'est un grand mystère. Mesa, je t'annonce que notre enfant est né. »

Et moi je pleurais, et je riais, et je pensais seulement : C'est toi!

« Pourquoi ne pas m'avoir écrit, cruelle! »

Mais toi, comme quelqu'un qui sait, faisant de la bouche : Silence!

Tu ne répondais que par un sourire et je te regardais sourire, ô mon bien!

Et maintenant voici l'horreur!

Silence.

Mais tu n'as pas le droit! tu n'as pas le droit! tu n'es pas seule!

Ce n'est pas vrai que tu m'as oublié! ce n'est pas vrai que tu ne m'aimes plus! ô ma bien-aimée, ce n'est pas vrai que tu me hais!

Il n'y a pas moyen, Ysé! Ce que je t'ai donné, est-ce que je puis le reprendre? Est-ce que tu ne m'emportes pas où tu es? Est-ce que tu as le droit

De n'être pas à moi? Qu'y a-t-il en toi que tu ne m'aies

Donné, et que je n'aie eu, et mangé, et aspiré, et qui ne me nourrisse de feu, et de larmes, et de désespoir!

Réponds! vois comme je souffre! et tourne ton visage vers moi, ma beauté, et dis-moi que cela n'est pas vrai!

Silence.

Ysé, qu'as-tu fait de notre enfant?

Silence.

Est-ce qu'il est mort?

Silence.

Ysé, tu ne le laisseras point mourir. Donne-moi mon enfant afin que je le sauve.

Silence.

Est-ce qu'il est mort? Est-ce que tu l'as tué?

Silence.

S'il est ici, je saurai bien le trouver.

> *Il fait un mouvement vers la porte. Pas d'Amalric au-dehors. Il entre.*

AMALRIC

Qui est là?

MESA

C'est moi.

> *Amalric s'avance. Il frotte une allumette et les deux hommes se regardent face à face pendant qu'elle brûle. Elle s'éteint.*

AMALRIC

Mesa, je ne suis nullement heureux de vous revoir

MESA

Je viens reprendre cette femme qui est à moi et cet enfant qui est le mien.

AMALRIC

Je ne vous rendrai ni l'un ni l'autre.

MESA

Je les reprendrai malgré vous.

AMALRIC, *avec un rire sec.*

Et malgré elle? Que dis-tu, Ysé?

> *Mesa tressaille.*

Que préfères-tu, dis-le?
Ou de t'en aller avec celui-ci et de vivre?

Toi et l'enfant, et dans ce cas étends la main.
> *Silence.*

Ou de mourir avec moi?
> *Silence. Elle garde l'immobilité.*

MESA, *criant.*

C'en est trop!
> *Il tire une arme de sa poche. Amalric se*
> *jette sur lui et la lui arrache. Lutte affreuse*
> *dans l'obscurité. Mesa tombe, brisé, par terre.*
> *Ysé, qui voit tout dans le miroir, n'a pas*
> *bougé.*

YSÉ, *d'une voix singulière, sans changer de pose*
Assassin!
> *Amalric allume la lampe et se penche sur*
> *le corps de Mesa qu'il examine.*

AMALRIC

C'est bien ce que je pensais. Je lui ai démanché
l'épaule droite.
Mais de son côté je crois bien qu'il s'est démoli une
jambe. Quel maladroit!
> *Il se relève. Ysé sourit dans le miroir. Il*
> *va vers elle et la baise sur la tempe.*

YSÉ

Amalric, cela est affreux. Ne le laisse pas ainsi
par terre.
> *Amalric soulève le corps et le porte sur le*
> *canapé.*

AMALRIC

Comment est-il venu jusqu'ici?

YSÉ

Il a dit
Qu'il avait une passe avec lui.

*Amalric le fouille et retire des vêtements une
planchette couverte de figures et de caractères
singuliers qu'il montre à Ysé.*

AMALRIC

Nous sommes sauvés. Ysé.

YSÉ

Sauvés.

AMALRIC

Comme tu dis cela sans joie.

Il la regarde. Silence.

YSÉ

Et mon mari est mort. Nous pourrons nous épouser,
Amalric,

AMALRIC

On ne peut mieux. Voici une soirée excellente.
Quel couple modèle nous allons faire!

YSÉ, *montrant le corps dans le miroir.*

Est-ce qu'il n'y a pas moyen de l'emporter avec
nous?

AMALRIC *durement.*

Impossible.

YSÉ

Nous ne pouvons l'abandonner aux Chinois.

AMALRIC

Il sautera à notre place. La machinette est montée.
Il n'y a qu'à la laisser marcher.

Pause.

YSÉ, *de la même voix singulière.*

Fouille donc encore les poches, inutile de laisser
rien aux morts.

AMALRIC

Ysé, c'est un peu dégoûtant.

YSÉ

Pourquoi? Va. Fais.

*Il fouille et retire une enveloppe scellée de
cire.*

AMALRIC, *lisant.*

Ceci est mon testament.

Il rit et empoche le papier.

YSÉ

Partons.

AMALRIC

Prépare-toi. J'ai vu ce bateau arriver.
Je vais faire signe à mon boy. Tout ira bien. Prends
l'enfant.

Ysé se rend dans la pièce voisine sans regarder Mesa. Un temps assez long s'écoule. Ysé rentre seule.

Eh bien, tu n'as pas pris l'enfant?

YSÉ

Il est mort.

Pause.

AMALRIC

Partons.

Il souffle la lampe. Clair de lune. Ils sortent sans regarder Mesa. On entend un éclat de rire hystérique dans l'escalier.

Nuit complète. On voit par les ouvertures toutes les étoiles du ciel qui brillent. La lune traverse toute la chambre d'un grand rayon.

Mesa se réveille et longtemps il reste muet, méditant.

CANTIQUE DE MESA

Me voici dans ma chapelle ardente!
Et de toutes parts, à droite, à gauche, je vois la forêt des flambeaux qui m'entoure!
Non point de cires allumées, mais de puissants astres, pareils à de grandes vierges flamboyantes
Devant la face de Dieu, telles que dans les saintes peintures on voit Marie qui se récuse!
Et moi, l'homme, l'Intelligent,
Me voici couché sur la Terre, prêt à mourir, comme sur un catafalque solennel,
Au plus profond de l'univers et dans le milieu même de cette bulle d'étoiles et de l'essaim et du culte.

*Je vois l'immense clergé de la Nuit avec ses Évêques
et ses Patriarches.*

*Et j'ai au-dessus de moi le Pôle et à mes côtés la
tranche, et l'Équateur des animaux fourmillants de
l'étendue,*

*Cela que l'on appelle Voie lactée, pareil à une forte
ceinture!*

Salut, mes sœurs! aucune de vous, brillantes!

*Ne supporte l'esprit, mais seule au centre de tout,
la Terre*

*A germé son homme, et vous, comme un million de
blanches brebis,*

*Vous tournez la tête vers elle qui est comme le Pasteur
et comme le Messie des Mondes!*

*Salut, étoiles! Me voici seul! Aucun prêtre entouré
de la pieuse communauté*

Ne viendra m'apporter le Viatique.

Mais déjà les portes du Ciel

*Se rompent et l'armée de tous les Saints, portant des
flambeaux dans leurs mains,*

*S'avancent à ma rencontre, entourant l'Agneau
terrible!*

Pourquoi?

*Pourquoi cette femme? pourquoi la femme tout d'un
coup sur ce bateau?*

*Qu'est-ce qu'elle vient faire avec nous? est-ce que
nous avions besoin d'elle? Vous seul!*

*Vous seul en moi tout d'un coup à la naissance de
la Vie,*

*Vous avez été en moi la victoire et la visitation et le
nombre et l'étonnement et la puissance et la merveille
et le son!*

*Et cette autre, est-ce que nous croyions en elle? et que le
bonheur est entre ses bras?*

*Et un jour j'avais inventé d'être à Vous et de me
donner,*

Et cela était pauvre. Mais ce que je pouvais,

Je l'ai fait, je me suis donné,

*Et vous ne m'avez point accepté, et c'est l'autre qui
nous a pris.*

*Et dans un petit moment je vais Vous voir et j'en
ai effroi*

Et peur dans l'Os de mes os!

*Et Vous m'interrogerez. Et moi aussi je Vous
interrogerai!*

*Est-ce que je ne suis pas un homme? Pourquoi est-ce
que Vous faites le Dieu avec moi?*

*Non, non, mon Dieu! Allez, je ne Vous demande
rien!*

*Vous êtes là et c'est assez. Taisez-Vous seulement,
Mon Dieu, afin que votre créature entende! Qui a
goûté à votre silence,*

Il n'a pas besoin d'explication.

Parce que je Vous ai aimé

*Comme on aime l'or beau à voir ou un fruit, mais
alors il faut se jeter dessus!*

*La gloire refuse les curieux, l'amour refuse les
holocaustes mouillés. Mon Dieu, j'ai exécration de
mon orgueil!*

*Sans doute je ne Vous aimais pas comme il faut,
mais pour l'augmentation de ma science et de mon
plaisir.*

*Et je me suis trouvé devant Vous comme quelqu'un
qui s'aperçoit qu'il est seul.*

*Eh bien! j'ai refait connaissance avec mon néant,
j'ai regoûté à la matière dont je suis fait.*

J'ai péché fortement.

*Et maintenant, sauvez-moi, mon Dieu, parce que
c'est assez!*

*C'est Vous de nouveau, c'est moi! Et Vous êtes mon
Dieu et je sais que Vous savez tout.*

*Et je baise votre main paternelle, et me voici entre
vos mains comme une pauvre chose sanglante et
broyée!*

*Comme la canne sous le cylindre, comme le marc sous
le madrier.*

*Et parce que j'étais un égoïste, c'est ainsi que vous
me punissez*
Par l'amour épouvantable d'un autre!

Ah! je sais maintenant
*Ce que c'est que l'amour! et je sais ce que Vous avez
enduré sur votre croix, dans ton Cœur,*
Si vous avez aimé chacun de nous
*Terriblement comme j'ai aimé cette femme, et le
râle, et l'asphyxie, et l'étau!*
*Mais je l'aimais, ô mon Dieu, et elle m'a fait cela!
Je l'aimais et je n'ai point peur de Vous,*
Et au-dessus de l'amour
*Il n'y a rien, et pas Vous-même! et Vous avez vu
de quelle soif, ô Dieu, et grincement des dents,*
Et sécheresse, et horreur et extraction,
Je m'étais saisi d'elle! Et elle m'a fait cela!
Ah! Vous Vous y connaissez, Vous savez, Vous,
*Ce que c'est que l'amour trahi! Ah, je n'ai point
peur de Vous!*
*Mon crime est grand et mon amour est plus grand,
et votre mort seule, ô mon Père,*
*La mort que Vous m'accordez, la mort seule est à la
mesure de tous deux!*
Mourons donc et sortons de ce corps misérable!
*Sortons, mon âme, et d'un seul coup éclatons cette
détestable carcasse!*
*La voici déjà à demi rompue, habillée comme
une viande au croc, par terre ainsi qu'un fruit
entamé.*
Est-ce que c'est moi? Cela de cassé,
*C'est l'œuvre de la femme, qu'elle le garde pour elle,
et pour moi je m'en vais ailleurs.*
*Déjà elle m'avait détruit le monde et rien pour moi
N'existait qui ne fût pas elle et maintenant elle me
détruit moi-même.*
Et voici qu'elle me fait le chemin plus court
Soyez témoin que je ne me plais pas à moi-même!
Vous voyez bien que ce n'est plus possible!
Et que je ne puis me passer d'amour, et à l'instant,

*et non pas demain, mais toujours, et qu'il me faut la vie
même, et la source même,*

    Et la différence même, et que je ne puis plus,

    Je ne puis plus supporter d'être sourd et mort!

    *Vous voyez bien qu'ici je ne suis bon à rien et que
j'ennuie tout le monde*

    *Et que pour tous je suis un scandale et une interroga-
tion.*

    *C'est pourquoi reprenez-moi et cachez-moi, ô Père,
en votre giron!*

    *Bruit léger et soyeux au-dehors, la porte s'est
ouverte silencieusement Entre Ysé vêtue de
blanc en état de transe hypnotique. Elle s'avance
au travers de la pièce, non point marchant en
automate, mais à la manière d'un nuage. Elle
passe devant le miroir. On la voit au travers de la
moustiquaire. Et elle entre dans la pièce où se
trouve l'enfant mort, laissant la porte à demi
ouverte. Et on l'entend qui pleure étrangement.*

    MESA, *appelant à demi-voix.*

Ysé! Ysé!

    *Elle rentre, elle erre sans aucun bruit au
travers de la pièce. Elle ouvre tous les tiroirs et
passe les mains dedans, ceux de la commode,
celui de la table de toilette. Elle ouvre les armoires,
la pharmacie, l'armoire à glace. Elle passe les
doigts sur les rayons vides, elle se hausse comme
pour regarder. Elle sort, la voici en bas, dans
l'office, dans la salle à manger, partout, comme
quelqu'un qui fouille et qui cherche, la maî-
tresse de la maison déserte.*

                   Silence.

    *Et soudain l'on entend un grand cri de femme
épouvantablement mélodieux et aigu.*

MESA, *appelant fortement.*

Ysé! Ysé! viens! viens!

> *Pause.*
> *Et on la voit tout à coup toute blanche avec ses longs cheveux épais dans la véranda inondée par la lune.*

MESA, *pensant.*

Telle je l'ai vue jadis, sur le navire!

> *Elle vient, elle s'accroupit à ses pieds, elle pose son bras nu tout droit au travers de ses genoux. Il lui met légèrement la main sur la tête.*

YSÉ

Mesa, je suis Ysé. C'est moi.

MESA

Est-ce toi-même?
Que de fois je t'ai vue en rêve! Est-ce que c'est un rêve encore? Est-ce que tu vas de nouveau cesser?

YSÉ

Ce n'est pas un rêve; Mesa, les rêves sont finis. Il n'y a plus que la vérité.

MESA

Ysé, Ysé aux longs cheveux, est-il vrai?

YSÉ

Tout est devenu vrai.

MESA

Dis, est-ce que tu m'entends à présent? est-ce
que tu sens vivre

Mon souffle au fond de tes entrailles? est-ce que tu
es sous ma parole comme quelqu'un de créé? Ah,
sois ma vie, mon Ysé, et sois mon âme, et ma vie,
et sois mon cœur, et dans mes bras le soulèvement
de celui qui naît!

Ah, Ysé, c'est trop cruel, il ne faut pas me repous-
ser, car c'est moi qui suis dans ton cœur.

YSÉ

Laisse ta main sur ma tête et alors je vois tout
et je comprends tout.

Tu ne sais pas bien qui je suis, mais maintenant
je vois clairement qui tu es et ce que tu crois être,

Plein de gloire et de lumière, créature de Dieu!
et je vois que tu m'aimes,

Et que tu m'es accordé, et je suis avec toi dans une
tranquillité ineffable.

MESA

Est-ce que tout est fini, Ysé?

YSÉ

Tout est fini!

MESA

Est-ce qu'il n'y a plus rien à craindre?

YSÉ

C'en est fait.

MESA

Plus rien, plus rien à attendre?

YSÉ

Plus rien que l'amour à jamais, plus rien que l'éternité avec toi!

MESA

Je ne puis donc me débarrasser de cette Ysé?
Il ne m'est pas possible
De me défaire de ces deux mains de femme à mes flancs?

YSÉ

Il ne t'est pas possible. Où tu es, je suis avec toi.

MESA

Pourquoi m'avais-tu quitté?

Pause.

Pourquoi est-ce que tu fais encore celle qui ne répond pas comme dans les rêves? Je devine que tu souris
Amèrement, visage caché! Ce n'est plus un rêve!

YSÉ

Cette fois c'est moi qui dors.

MESA

Ah, ne te réveille point!

YSÉ

Me voici détachée comme une huile pure.

MESA

Pourquoi ne veux-tu point me répondre?

YSÉ

Suis-je si laide? Pourquoi me repoussais-tu désespérément?

MESA

Je t'aimais trop, ma vie!

YSÉ

Je ne puis plus vous être enlevée.

MESA

Et voici la « très grande joie » que tu m'annonces?

YSÉ

Console-moi parce que mon cœur est triste.

MESA

Quelle tristesse as-tu le droit d'avoir, rebelle,
ou quelle joie
Qui soit autre que moi?

YSÉ

Je ne suis pas la joie, mais la douleur.
La voici donc au travers de tes genoux, ô brisé, la
proie suprême! Est-ce qu'elle n'est point trop lourde
pour toi?
O ma lumière éclatante, ô mon mâle sublime!
tu me vois au travers de tes genoux l'aveugle et la
désirante!

MESA

Je t'ai vaincue enfin! et voici toute la proie contre
mon cœur, et pas un membre luttant

Qui ne cède à un membre plus fort, et à la volonté
de l'oiseau qui monte et de l'aigle vertical!

Je sens ce poids qui cède à l'aile et j'emporte donc
avec moi ce corps lourd

Qui est ma mère et ma sœur et ma femme et mon
origine!

La voici enfin consommée

La victoire de l'homme sur la femme et l'entre-
possession

De l'égoïsme et de la jalousie

Tu dis joie? Mais voici la joie qui est au-dessus de
la joie, comme le feu qui devient la flamme et le désir
qui devient la justice, et l'amour qui devient l'accep-
tation.

Et notre mariage en nous

Comme l'opération d'un astre et comme un être
qui se sert de son double cœur!

YSÉ

Laisse-moi dire aussi

Ce que j'ai à dire. Garde ta main

Sur mon front pour que je me souvienne. O comme
je me sens en grande nuit et peine!

Mais de tout mon poids je suis couchée au travers
de ton corps et tu ne peux m'échapper.

Laisse-moi raconter tout. Laisse-moi te parler
amèrement.

MESA

Te voici sous ma main, ô tête dorée!

YSÉ

Mesa, je t'annonce que notre enfant est mort.
                    Elle se met à sangloter tout bas.

MESA

Cela est mieux ainsi.

YSÉ

Tu ne l'as point vu, Mesa.

MESA

Je vais le voir tout à l'heure et il me reconnaîtra.

YSÉ

O infinie amertume! O fils de ma honte! ô mon
enfant très cher, ô fils de mon sein, pardonne à ta
misérable mère!

O Mesa, tu te rappelles bien, avant que je ne susse
que j'étais enceinte,

J'avais retrouvé ces pauvres petits vêtements
d'enfant,

Les chaussons, le bonnet, la petite camisole de
tricot,

Et je riais et je pleurais et je les mettais contre mon
visage,

Et tu te moquais de moi, et tu disais que j'étais
comme une vache la bonne bête à qui pour qu'on la
traie,

On donne la peau d'un veau et elle se met à la lécher
avec ferveur.

O Mesa, un enfant, tu ne sais ce que c'est! O
comme on se sent une femme avec son enfant!

MESA

Paix, Ysé!

YSÉ

O Mesa, empêche que je me réveille, je ne veux
pas! empêche

Que je redevienne cette ancienne Ysé orgueilleuse,
La belle madame Ciz.

MESA

Ce n'est plus l'ancienne Ysé, c'est mon Ysé avec
moi pour toujours.

YSÉ

Mais l'ancienne Ysé, tu ne l'aimais point?

MESA

Tu le sais, ô chair qui es là sous ma main!

Pause.

YSÉ

Je l'ai quitté
Au moment que la jonque partait. Il me croit endor-
nie dans la chambre.

MESA

O comme tu m'as trahi!

YSÉ

Paix, Mesa!

MESA

Pourquoi me prends-tu ainsi la main convulsive-
ment?

YSÉ

Ah!

MESA

Qu'y a-t-il, cœur troublé?

YSÉ

Ne me quitte point, Mesa!
O Dieu!
Est-il possible que je sois sauvée? Je le vois!
je vois tout!
J'ai fait des choses affreuses!

MESA

Que vois-tu?

YSÉ

Une paillote misérable, un homme mort
Avec un visage terrible, surmonté d'une énorme
touffe de cheveux noirs!
Tordu par le choléra, dans une couverture infecte.
Ce n'est plus cet air fade que je haïssais!
Et sans relâche du toit une goutte d'eau
Choit sur la prunelle même de l'œil béant.
Et au-dehors une pluie comme je n'en ai jamais vu,
un déluge, une forêt aussi sombre que la feuille
d'arum,
Chaque rais de pluie aussi gros qu'un tuyau de
pipe.

MESA

Que vois-tu encore?

YSÉ

O peine! ô douleur poignante!

MESA

Que vois-tu?

YSÉ

O mes enfants!

O quelle mère j'ai été pour vous! Je regarde, levant les yeux,

Comme ils regardent pendant que je leur lis tout haut

La chère maman de leurs yeux confiants et tran-quilles!

Et je pense que je les ai trompés et abandonnés et assassinés!

Et parfois la nuit m'étant réveillée, je les entendais dormir et leurs deux haleines différentes,

Et je les écoutais, le cœur battant, et je pensais qu'ils étaient mes chers enfants!

Tu sais qu'il n'y eut jamais d'aussi beaux enfants! Ils ne m'ont jamais fait aucune peine.

Tout le monde nous regardait quand nous sortions,

Moi, la jeune mère triomphante entre mes fils, et ils marchaient de chaque côté de moi

Tout droits en serrant les poings comme de petits soldats.

Je ne comprends pas! Je ne suis qu'une femme infortunée!

Comment est-ce que tout cela est arrivé?

MESA

C'est *l'amour* qui a tout fait. Eh quoi? N'est-il donc plus pour nous la seule chose bonne et vraie et juste et signifiante?

Est-ce que les mots ont perdu leur sens? et n'ap-pelons-nous plus

Le *bien*, ce qui facilite

Notre amour, et *mal* ce qui lui est opposé?

Dis, on l'appelle « le triomphe de la nature et de la vie ». Et la mort même ne tranche pas mieux les liens.

Que ne méritait pas entre nous une union si juste et si pure? Fort pure.

Certes nous n'avons point ménagé

Les autres; et nous-mêmes, est-ce que nous nous sommes ménagés?

Me voici, les membres rompus, comme un crimi-
nel sur la roue,
Et toi, l'âme outrée, sortie de ton corps comme
une épée à demi dégainée!

YSÉ

Ne raille pas ainsi affreusement!

MESA

Le mieux seul est le mieux, Ysé.
Qui est le grand Commandement incorruptible.
Mais le mal même
Comporte son bien qu'il ne faut pas laisser perdre.
Rappeler les morts à vie,
Nous ne le pouvons faire, mais la nôtre encore est
à nous.
Nous pouvons donc tourner honnêtement le visage
vers le Vengeur,
En disant : « Nous voici. Payez-vous sur ce que
nous avons. » Nous pouvons cela.
Et
Puisque tu es libre maintenant,
Et qu'en nous près d'être détruits la puissance
indestructible
De tous les sacrements en un seul grand par le
mystère d'un consentement réciproque
Demeure encore, je consens à toi, Ysé! Voyez,
mon Dieu, car ceci est mon corps!
Je consens à toi! et dans cette seule parole
Tient l'aveu et dans l'embrassement de la péni-
tence
La Loi, et dans une confirmation suprême
L'établissement pour toujours de notre Ordre.

YSÉ

Je consens à toi, Mesa.

MESA

Tout est consommé, mon âme.

YSÉ

Ne crains donc point.

MESA

Je ne crains point, Ysé.

YSÉ

Même jadis, petit Mesa,
Tu ne pouvais me cacher ce que tu pensais et
l'on voyait tout dans tes yeux.
Mais maintenant
Comme on sent par les narines une odeur et comme
on touche avec ses doigts,
C'est ainsi (mais si tu savais comme cela est drôle,
comment dire? et naïf et excellent et saint et direct
et incomparable),
C'est ainsi, Mesa, que je vois ton âme
Par le moyen de ma propre âme
Même, toutes les pensées qu'elle produit,
Et par pulsation même de ma vie ce mouvement
par qui tu existes.

MESA

Et est-ce que tu vois de la peur en moi devant la
mort?

YSÉ

N'aie point honte, petit Mesa! C'est le plus vivant
qui a le plus horreur
De cesser de vivre! O comme les hommes sont
durs et fermés, et comme ils ont donc peur de souffrir et de mourir!

Mais la femelle Femme, mère de l'homme,
Ne s'étonne point, familière aux mains taciturnes
qui tirent.
Vois-tu? c'est moi maintenant qui te console et
te réconforte.

MESA

Tu dors et j'ai les yeux ouverts.

YSÉ

C'en est fait.
Je vois ton cœur, Mesa, je suis satisfaite.
Voici que tout le passé avec le bien et tout le mal
Et la pénitence entre les deux comme un ciment,
n'est plus que comme une base et un commence-
ment et un seul corps
Avec ce qui est, ce qui est à présent pour toujours.
J'étais jalouse, Mesa, et je te voyais sombre, et
je savais
Que tu me dérobais part de toi-même.
Mais maintenant je vois tout et je suis vue toute,
et il n'y a qu'amour entre nous,
Nets et nus, faisant l'un de l'autre vie, dans une
interpénétration
Inexprimable, dans la volupté de la différence
conjugale, l'homme et la femme comme deux grands
animaux spirituels,
Vie de tout ce battement réciproque en nous de
l'esprit œil,
Cœur de ce cœur sous le cœur en nous qui produit
la chair et l'esprit et les cheveux et les bras qui
étreignent
Et la vision et le sens, — et la bouche jadis sur
ta bouche!
— Ne te raille point de moi, Mesa!

MESA

Je t'entends rire, cachée!

YSÉ

O Mesa, si tu savais comme cela est terrible pour
une femme,
De se regarder dans la glace et de voir que l'on
vieillit et ces affreux petits points rouges,
Et de se toucher des doigts, et de songer qu'on
n'est plus soi et ce corps autrefois de la jeune fille
Rose et luisante comme un glaïeul et sa figure
drue et dure comme une pierre!
O la fiancée qui donne sa bouche qui sent la
jacinthe blanche et la truffe fraîche!
Mais maintenant, je ne vieillirai plus! maintenant
je suis jeune pour toujours!

MESA

C'est toi maintenant qui m'instruis, et j'écoute.
Combien de temps maintenant, ô femme, dis-moi,
fruit de la vigne, avant que je ne te boive de nouveau dans le Royaume de Dieu?

YSÉ

Je ne vois et je n'entends point cela, Mesa. Mais
comme chacun produit
Sa vision et son entendement, c'est ainsi qu'avec
sa propre vie
Il tire de l'admiration de la seule chose qui est
Son propre temps. Il ne faut pas essayer de me
comprendre.

MESA

Que vois-tu donc et qu'entends-tu?

YSÉ

Seulement ton cœur.

MESA

Et puis?

YSÉ

Il ne faut point avoir peur. Notre temps qui bat,
le temps ancien qui s'achève,
La machine qui est au-dessous de la maison, et
il ne reste que peu de minutes, le temps même
Qui s'en va faire explosion, dispersant cet habi-
tacle de chair. Ne crains point.

MESA

La chair ignoble frémit mais l'esprit demeure inex-
tinguible.
Ainsi le cierge solitaire veille dans la nuit obscure
Et la charge des ténèbres superposées ne suffiront
point
A opprimer le feu infime!
Courage, mon âme! à quoi est-ce que je servais
ici-bas?
Je n'ai point su,
Nous ne savons point, Ysé, nous donner par
mesure!
Donnons-nous donc d'un seul coup!
Et déjà je sens en moi
Toutes les vieilles puissances de mon être qui
s'ébranlent pour un ordre nouveau.
Et d'une part au-delà de la tombe, j'entends se
former le clairon de l'Exterminateur,
La citation de l'instrument judiciaire dans la soli-
tude incommensurable,
Et d'autre part à la voix de l'airain incorruptible,
Tous les événements de ma vie à la fois devant
mes yeux
Se déploient comme les sons d'une trompette
fanée!

Ysé se lève et se tient debout devant lui, les

yeux fermés, toute blanche dans le rayon de lune,
les bras en croix. Un grand coup de vent lui
soulève les cheveux.

YSÉ

Maintenant regarde mon visage car il en est temps
encore

Et regarde-moi debout et étendue comme un grand
olivier dans le rayon de la lune terrestre, lumière de
la nuit,

Et prends image de ce visage mortel car le temps
de notre résolution approche et tu ne me verras plus
de cet œil de chair!

Et je t'entends et ne t'entends point, car déjà
voici que je n'ai plus d'oreilles! Ne te tais point, mon
bien-aimé, tu es là!

Et donne-moi seulement l'accord, que...

Jaillisse, et m'entende avec mon propre son d'or
pour oreilles

Commencer, affluer comme un chant pur et comme
une voix véritable à ta voix ton éternelle Ysé mieux
que le cuivre et la peau d'âne!

J'ai été sous toi la chair qui plie et comme un cheval entre tes genoux, comme une bête qui n'est pas
poussée par la raison,

Comme un cheval qui va où tu lui tournes la tête,
comme un cheval emporté, plus vite et plus loin
que tu ne le veux!

Vois-la maintenant dépliée, ô Mesa, la femme
pleine de beauté déployée dans la beauté plus grande!

Que parles-tu de la trompette perçante! lève-toi,
ô forme brisée, et vois-moi comme une danseuse
écoutante,

Dont les petits pieds jubilants sont cueillis par la
mesure irrésistible!

Suis-moi, ne tarde plus!

Grand Dieu! me voici, riante, roulante, déracinée,
le dos sur la subsistance même de la lumière comme
sur l'aile par-dessous de la vague!

O Mesa, voici le partage de minuit! et me voici,
prête à être libérée,
Le signe pour la dernière fois de ces grands cheveux déchaînés dans le vent de la Mort!

MESA

Adieu! je t'ai vue pour la dernière fois!
Par quelles routes longues, pénibles,
Distants encore que ne cessant de peser
L'un sur l'autre, allons-nous
Mener nos âmes en travail?
Souviens-toi, souviens-toi du signe!
Et le mien, ce n'est pas de vains cheveux dans la
tempête, et le petit mouchoir un moment,
Mais, tous voiles dissipés, moi-même, la forte
flamme fulminante, le grand mâle dans la gloire de
Dieu,
L'homme dans la splendeur de l'août, L'Esprit
vainqueur dans la transfiguration de Midi!

1906.

DU MÊME AUTEUR

Aux Éditions Gallimard

Poèmes

CINQ GRANDES ODES.

CORONA BENIGNITATIS ANNI DEI.

LA MESSE LÀ-BAS.

POÈMES DE GUERRE.

FEUILLES DE SAINTS.

LA CANTATE À TROIS VOIX, *suivi de* SOUS LE REMPART D'ATHÈNES et de traductions diverses (Coventry Patmore, Francis Thompson, Th. Lowell Beddoes).

LA LÉGENDE DE PRAKRITI.

CENT PHRASES POUR ÉVENTAILS.

POÈMES ET PAROLES DURANT LA GUERRE DE TRENTE ANS.

DODOITZU, *illustré par R. Harada.*

SAINT FRANÇOIS, *illustré par José Maria Sert.*

ŒUVRE POÉTIQUE (1 vol., *Bibliothèque de la Pléiade*).

Théâtre

L'OTAGE.

L'ANNONCE FAITE À MARIE.

LE PAIN DUR.

LE PÈRE HUMILIÉ.

LES CHOÉPHORES — LES EUMÉNIDES, *traduit du grec.*

LA JEUNE FILLE VIOLAINE (*première version inédite de 1892*).

DEUX FARCES LYRIQUES : Protée — L'Ours et la Lune

LE SOULIER DE SATIN OU LE PIRE N'EST PAS TOUJOURS SÛR.

LE LIVRE DE CHRISTOPHE COLOMB, *suivi de* L'HOMME ET SON DÉSIR.

LA SAGESSE OU LA PARABOLE DU FESTIN.

JEANNE D'ARC AU BÛCHER.

L'HISTOIRE DE TOBIE ET DE SARA.

LE SOULIER DE SATIN, *édition abrégée pour la scène.*

THÉÂTRE (2 vol., *Bibliothèque de la Pléiade*).

L'ANNONCE FAITE À MARIE, *édition définitive pour la scène.*

L'ÉCHANGE.

PARTAGE DE MIDI.

PARTAGE DE MIDI, *nouvelle version pour la scène.*

L'ORESTIE D'ESCHYLE.

MORT DE JUDAS — LE POINT DE VUE DE PONCE PILATE.

Prose

POSITIONS ET PROPOSITIONS, I et II.

L'OISEAU NOIR DANS LE SOLEIL LEVANT.

ÉCOUTE, MA FILLE.

CONVERSATIONS DANS LE LOIR-ET-CHER.

INTRODUCTION À LA PEINTURE HOLLAN-DAISE.

FIGURES ET PARABOLES.

TOI, QUI ES-TU ?

LES AVENTURES DE SOPHIE.

UN POÈTE REGARDE LA CROIX

AU MILIEU DES VITRAUX DE L'APOCALYPSE. *Dialogues et lettres accompagnées d'une glose. Édition établie par Pierre Claudel et Jacques Petit.*

LE POÈTE ET LA BIBLE, I. Édition de Michel Malicet

Correspondance

CORRESPONDANCE AVEC ANDRÉ GIDE (1899-1926). *Préface et notes de Robert Mallet.*

CORRESPONDANCE AVEC ANDRÉ SUARÈS (1904-1938). *Préface et notes de Robert Mallet.*

CORRESPONDANCE AVEC FRANCIS JAMMES et GABRIEL FRIZEAU (1897-1936) AVEC DES LETTRES DE JACQUES RIVIÈRE. *Préface et notes d'André Blanchet.*

CORRESPONDANCE AVEC GASTON GALLIMARD (1911-1954). *Préface et notes de Bernard Delvaille.*

CORRESPONDANCE DIPLOMATIQUE (Tokyo, 1921-1927).

JOURNAL (2 vol. *Bibliothèque de la Pléiade*).

ŒUVRES COMPLÈTES (vingt-neuf volumes parus).

CAHIERS PAUL CLAUDEL

 I. « TÊTE D'OR » ET LES DÉBUTS LITTÉRAIRES.

 II. LE RIRE DE PAUL CLAUDEL.

 III. CORRESPONDANCE PAUL CLAUDEL-DARIUS MILHAUD 1912-1953.

 IV. CLAUDEL DIPLOMATE

 V. CLAUDEL HOMME DE THÉÂTRE.

 VI. CLAUDEL HOMME DE THÉÂTRE : CORRESPONDANCE AVEC COPEAU, DULLIN, JOUVET

chez
Liotta   Kensington   Vlad   Nick
Cottman Ave. → violence là-bas.
Gerald Status change
Daina Dubuisson   Kenson - similar
                              danger?
Wenson here as family? Oct 5 & 3-day Con
Nov 10th Fund Raiser -

Impression Bussière Camedan Imprimeries
à Saint-Amand (Cher),
le 6 janvier 2000.
Dépôt légal : janvier 2000.
1ᵉʳ dépôt légal dans la collection : novembre 1972.
Numéro d'imprimeur : 000017/1.
ISBN 2-07-036245-0./Imprimé en France.